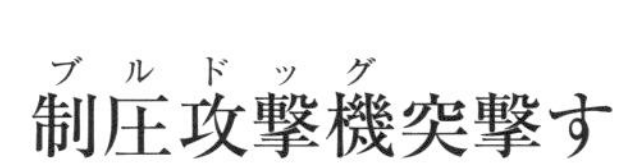

制圧攻撃機(ブルドッグ)突撃す

大石英司

Ohishi Eiji

文芸社文庫

目次

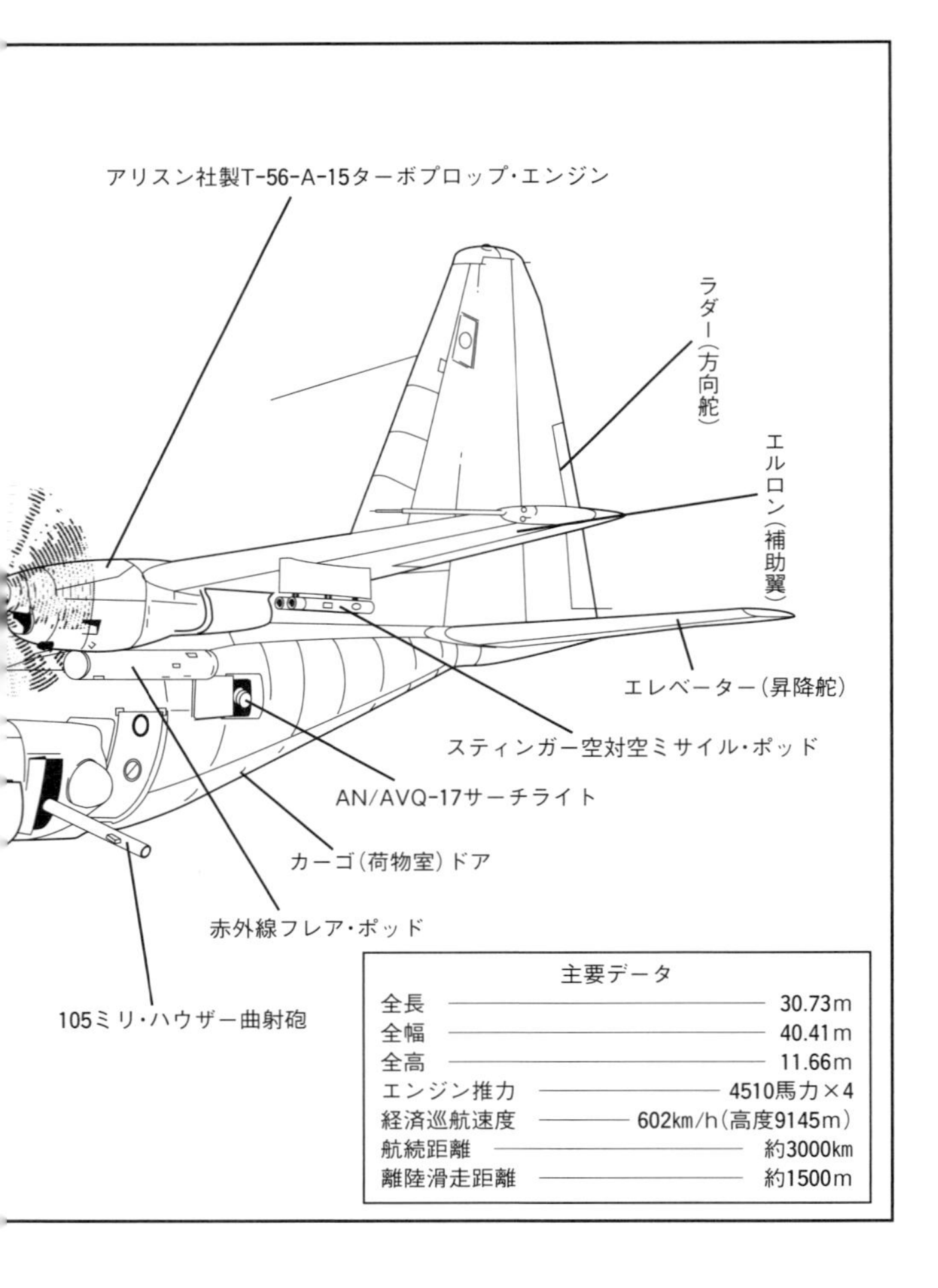

主要データ

全長	30.73m
全幅	40.41m
全高	11.66m
エンジン推力	4510馬力×4
経済巡航速度	602km/h(高度9145m)
航続距離	約3000km
離陸滑走距離	約1500m

ロッキードAC-130E／HJ『ハーキュリーズ』輸送機改
戦場制圧攻撃機『スペクター』
航空自衛隊仕様――通称《ブルドッグ》

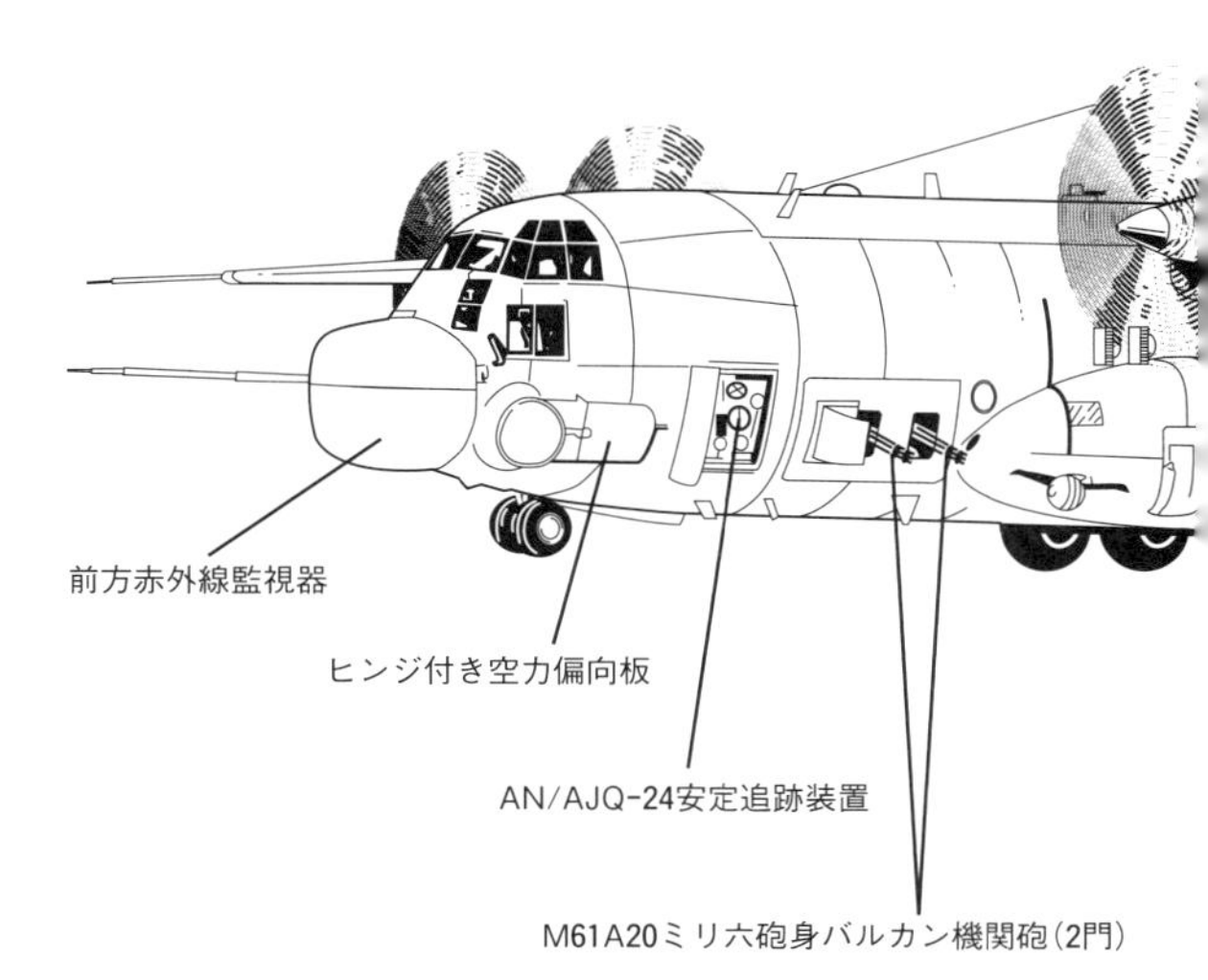

一九八一年、六月七日、日曜日。四日前、クフィル戦闘機で戦闘訓練中の息子を失ったイスラエル国防軍参謀総長ラファイエル・エイタン少将は、イラク・バグダッド近郊のオシリス原子炉空爆に向かう《バビロン作戦》の参加パイロット十数名を前に訓示し、以下のように締めくくった。

——剣とともに生きるのが宿命ならば、それがわが喉元ではなく、わが手に強く握られていることを示してくれたまえ——。

プロローグ

　滑走路の上に陽炎（かげろう）が一直線に立っていた。分厚いキャンバス地のテントの真下で、佐竹護（さたけまもる）二佐はデッキチェアから軀（からだ）を起こすと、ところどころ塗料が剝（は）げたシュタイナーの双眼鏡を左脇に抱えて姿勢を正した。固定翼からヘリコプターに至るまで、四〇機種に及ぶ各種航空機のライセンスを持つ航空自衛隊におけるインストラクターの草分けは、人生の半分をそうやって過ごして来た。汗が首筋を流れ落ち、オーロン製のアンダーウェアに吸い込まれていく。外気温は三五度を超（こ）えており、湿度は八〇パーセントに近い。フライトには最悪のコンディションだった。

　教官である彼より早く逝（い）ったパイロットが四人いた。いずれも三十歳前だった。国が払った弔慰（ちょうい）金は微々たるものだった。安月給の自衛隊を去り、民間航空で優雅に暮らしている生徒もいる。だが羨（うらや）む気はなかった。ジャンボじゃ、宙返りはできない。この世には、金で買えないものがあることを彼らは知ったはずだ。

　人には、それぞれ生きるべき場所があって、佐竹にとっては、どこの飛行機だろうと、滑走路の駐機場（エプロン）が、その場所だった。

　ターボプロップ・エンジンのリズミカルで穏（おだ）やかな唸（うな）りが、金剛岩（こんごういわ）の東方向から接近して来る。四発エンジンの大型輸送機は、フォレスト・グリーンと呼ばれるモスグリーンのカモフラージュ塗装が施されていたが、強烈な太陽に照らされ、真っ黒な怪鳥という観があった。高度は一〇〇〇フィートにわずかに足らなかった。

　フラップをいっぱいに下げたロッキード社製AC―130E／HJ『ハーキュリーズ』輸送機は、金剛岩を過ぎると、上空から急降下して獲物を狙う鷹のように俯角を取った。

　ベトナム戦争当時、ホーチミン・ルートを襲撃するために、二〇ミリ機関砲四門を装備して、ガンシップ・タイプ『スペクター』として発展を始めた戦場制圧攻撃機は、三十年を経てなお第一線にあった。

　航空自衛隊に導入され、種々の改良を施された機体は、『スペクター』とも『ハーキュリーズ』とも呼ばれず、もっぱら《ブルドッグ》と呼称されていた。それは、本来ずんぐりとしているはずの『ハーキュリーズ』の機首部分に、前方赤外線監視器を収めるために付いている四角い箱型の整形覆いが、いかにもブルドッグの鼻面を思い起こさせるからだった。

『スペクター』は、ブルドッグのように鈍重であると同時に、獰猛であった。コクピット後部に開かれた左翼の小窓には、戦闘機に搭載するM61A二〇ミリ・バルカンの六砲身の回転機関砲が二門覗いており、翼の直下には、一〇五ミリ・ハウザー曲射砲の砲門が突き出ている。オプション装備として、対戦車、空対空ミサイル、ロケット弾筒（ポッド）、チャフ・フレア・ディスペンサーの装備が可能であり、航空自衛隊は、重量増による航続距離の短縮を受け入れるという選択で、内部に軽装甲車やヘリコプターを搭載できるように改造も行なった。

　対戦車ヘリコプターが〝空飛ぶ戦車〟なら、『スペクター』は〝空飛ぶ軍艦〟と言ってよかった。『スペクター』はそれだけの重火力を、長時間にわたって戦場上空に展開させることを可能としていた。

　佐竹二佐は双眼鏡を構えた。デタントの急速な進行によって、F―15『イーグル』のようなキャデラック並みの高価で高性能な戦闘機を実戦に投入する可能性はほとんどなくなったが、米ソのパワープロジェクションの縮小によって、小国間の小競（こぜ）り合いは拡大する傾向にある。これからの防衛に必要なのは、低強度戦争（LIW）向きの『スペクター』のような小回りが利（き）き、少々のダメージにはびくともしない４ＷＤだった。

『スペクター』――《ブルドッグ》は、俯角（ふかく）を取ったまま後部のカーゴ・ドアを開いた。機内からメイン・パラシュートを出すための引っ張りパラシュート（ドローグ）が後尾へ一直線に繰り出されると、機体は、水面へと向かう溺者のようにもがきながら機首を上げ始めた。機体が、高度数メートルで滑走路周辺の埃（ほこり）を舞い上がらせる。一瞬水平になった瞬間、一一トンもある六〇式装甲車を載（の）せた荷台（パレット）が、荷下ろしスロープ（ランプ）から滑走路脇の砂地に滑り落ちた。ドスンという衝撃が地面を伝わって来る。パレットは装甲車を載せたまま一〇メートルほど土埃を舞い上げながら滑り、赤い吹き出しのポールの一メートルほど手前で停止した。きわどいところだった。

身軽になった《ブルドッグ》は、垂直かと見まがうような急角度で上昇離脱していく。

装甲車は、彼らがFパレット・キャリーと呼ぶ、《ブルドッグ》の荷物としてはもっとも重い代物だった。《ブルドッグ》は、空荷及び兵員輸送のAパレット、ジープのBパレット、トラックのCパレット、ヘリコプターのDパレット装備と、いくつかのバリエーションで飛ぶ。最大搭載重量二〇トンの『ハーキュリーズ』で、《ブルドッグ》としての装備を満載した上でのFパレット・キャリーは、明らかな積載重量オーバーだった。その重量により、離陸距離は長くなるし、航空距離は短くなる。飛行特性の多くが犠牲にされ、パイロットが予測不可能な事態に陥る危険があった。

佐竹はテントの無線機を取った。

「《ブルドッグ01》、こちらコマンダー。訓練中止。降りて来い」

不機嫌な声だったが、「了解」と答えたパイロットの声は、それ以上に敵意がこもっていた。

上空円軌道を一周した《ブルドッグ》が、まだ埃が舞う滑走路に着陸し、鈍重な機体を引きずるようにしてエプロンに帰って来る。整備員がテントからぞろぞろ這いだし、誘導と燃料補給、機体チェックの配置に就く。このたった一機の《ブルドッグ》を訓練するために、二〇名の整備補給クルーと、『ハーキュリーズ』輸送機が一機、灼熱の硫黄島に派遣されていた。

　ここは、かつて太平洋戦争の激戦地であった硫黄島で、ろくなバックアップ施設はないが、住民ゼロの完全軍用施設として、よりハードな訓練、秘密の訓練等に使用されていた。迷彩の飛行服を着た二人のパイロットが、ヘルメットを片手に、ぐったりした表情ではしご(ラダー)を降りて来た。頬は弛緩し、瞳は定まらず、まるで徹夜のフライトをこなしたように疲れた様子だった。

　二人はだらだらとした足取りでテントの下に入ると、パイプ椅子に腰を下ろして、テーブルの上の魔法瓶から、生ぬるくなった麦茶を、誰が使ったのかも解らない紙コップに注いだ。

「明らかに不満足な出来栄えだ。君たちは、想定によると、投下ポイントの小学校のグラウンドにあるブランコを、一〇トンを超えるパレットで薙ぎ倒した。もうひと呼吸速く機体を引き起こすべきだった」

「この熱砂のコンディションで、あんな重量物を落とすなんて、低高度パラシュート投下システム(LAPES)でも技量を要するんですよ。それを急降下急上昇でやってのけろなんて無茶なことは、教官殿が一番よくご存じのはずです！」

副操縦士の駿河浩市一尉は、思いのたけをぶちまけるように早口でまくし立てた。

「こんなのは序の口だ。フィリッピンの山地、コロンビアの山岳地帯、君たちが実際に《ブルドッグ》を飛ばす場所は、ここより遥かに高度があって空気が薄く、しかも暑い。君たちが物資を投下する場所は、滑走路脇なんかじゃなく、地対空ミサイルや機関砲が狙いを定めるピンポイントのランディング・ゾーンだ。やれんというのであれば、降りろ。代わりを探すまでだ」

佐竹は冗談のひとつも挟むつもりはなかった。

「昼食を摂れ。夕方までに、私が指示した一〇メートルのサークルに投下できるよう訓練する。もし日没までにそれが不可能なら、ナイトビジョン・システムを利用して夜間も訓練を続行する」

機長を務める飛鳥亮三佐は、不敵な笑みをこぼして「了解」というふうに頷いた。

佐竹が去ると、飛鳥はつなぎの飛行服の上だけ脱いで、だらしなくシャツをはだけた。

「フィリッピンにコロンビア⁉　いつから自衛隊は海外派兵をするようになったんです？」

「ここだって本土から見りゃあ海外だぜ」

飛鳥は涼しい顔で答えた。

「飛鳥さん。僕はパイロットに憧れて空自に入りましたけどね、戦闘機パイロットにならなかったのは、適性云々じゃない。単純に、命が惜しいからです。こんなドンガメで、あんな無茶なフライトを強いられたら、命なんかいくつあっても足りゃあしない」

飛鳥と駿河は、『ハーキュリーズ』で組んで一年になる。導入されたばかりの《ブルドッグ》では、二人ともまだ三カ月のキャリアしかなかった。二人は、階級こそひとつ違いだったが、年齢は十歳近い開きがあった。離婚の経験があり、組織になじもうとしない飛鳥が昇進を棒に振って来たからだった。

「あれは、誰にもできそうにない。だから、俺はやるんだ。それに、佐竹さんて男は、不可能なことはやらせん。一見不可能には見えるが、一パーセントの可能性はある。失敗は、指揮官や教官じゃなく、操縦桿を握っているパイロットの責任だ」

「だいたい、何の訓練なんですか？　まるでコロンビアかどこかに乗り込むみたいじゃないですか」

「備えあれば憂いなしって奴だろう。降りてもいいんだぞ」

「何をです？『スペクター』をですか？」

「民間航空から誘われているんだろう？　俺は止めるつもりはない。奥さんから、お前に辞表を書かせるように説得を頼まれたよ。俺はノンポリだからな……」

「明日には死ぬかもしれないパイロットでありながら、2DKのボロアパート暮らしはご免だそうです」

「向こうの条件はどのくらいなんだ？」

「ボーナスまで含むと、サラリーは最低でも三倍は保証してくれるそうです。それが、日本株式会社に魂を売り渡すことの条件です。女房には何て答えたんですか？」

「あんたは一生、スチュワーデスとの火遊びを心配しなきゃならんかもしれないし、悪くすりゃあ、それが原因で、離婚なんてことにもなりかねん。その心配があっても構わんというのであれば、俺は結構なことだと思う。そう言っておいた」

「まずいですよね……。税金でライセンスを取っておきながら、国民の期待を裏切るってのは」

飛鳥はそれを聞いて卑屈に失笑した。

「国民が期待してくれてりゃあ、何でお前の女房は2DKのアパート暮らしにブツブツ言わなきゃならんのだ」

「ワンルームすら手に入れられん連中もいますよ」

「やれやれ、俺はそんな堅物(かたぶつ)と一年も組んでいたのかい」

「飛鳥さんはどうなんですか？　当然誘いも来るでしょうに」

「いや。ラインにいて、昔の俺を知る連中はけっして俺を推薦しやしないよ。客を乗せたままジャンボで宙返りをやりかねんとヘッドハンターに説明するさ」

「自分はどうなんですか？」

「自衛隊には千人単位でパイロットがいるが、毎年ラインへ流れるのは、ほんの二〇人もいやしない。俺たちが飛ばしている〝坊や〟には、それだけの魅力があるということだ。たとえ薄給で命懸けでもな」

「しばらく考えさせてもらえますか？」

「ああ、いずれにせよ、お前が自分で決めることだ。俺はどうこう言うつもりはない。飯にしようぜ」

　訓練の目的を飛鳥は知らされていたが、明日には辞表を書くかもしれない男に喋(しゃべ)るつもりはなかった。駿河は副操縦士としては信頼できたが、飛鳥は誰であろうと、他人が操縦する飛行機に客として乗るのはご免だった。

　灼熱の太陽が照りつける中、二人は簡易格納庫(ハンガー)へ向けて歩き始めた。

　太陽熱を吸収反射する《ブルドッグ》の機体表面からも、路面同様に陽炎が立ちのぼっていた。まるで、何かの意志を備えた生き物のように、その怪鳥は息づいていた。

1章　麻薬組織の逆襲

その夕方、どんよりとした曇り空の調布(ちょうふ)飛行場に着陸したパイパー・セネカⅢ双発ビジネス機は、翼の両端を切り落とせば、《ブルドッグ》のキャビンに、楽々と収容できそうな大きさしかなかった。

その夕方は、珍しく警視庁のアエロスパシアルＡＳＬ１『スーパーピューマ』大型ヘリコプターが一機、エプロンに駐機していた。人がいないはずのキャビンから、望遠レンズ付きのカメラを構える二人の捜査官は、そのパイパーから大型トランクを持って降りて来た、背広にサングラス姿の男を写真に収めると、通信をデジタルで暗号化、盗聴不可能にした無線機を用い、ゲート近くで待機する覆面パトカーに男の身体特徴を伝えた。三台の尾行車は、ゲートから出て来たＢＭＷを、それぞれ代わるがわる尾行しながら都心へと向かった。

その夜、新宿区の新興組織暴力団事務所が、警視庁捜査四課の急襲を受け、一〇〇キロ、末端価格にして六〇億円を超える大量のコカインが押収された。

まだ三十歳過ぎの少壮の組長・篠田美徳(しのだよしのり)は、だがまんまと逃げおおせた。指名手配が整った時には、彼は高速クルーザーのデッキで、浦賀(うらが)水道を南下するところだった。

夜明け前、小島に着くと、ベレー帽を被り、サブマシンガンを肩に担いだ二人の白人がジープで篠田を迎えた。一言も会話を交わすことなく、ジープは一〇分余り島を貫く一本道を走り、港の反対側に立つコテージに辿り着いた。三階建ての瀟洒な造りのコテージの屋上には、レーダーやアンテナが林立し、ここにもSMGを抱える戦闘服姿の兵士がいた。

篠田はチッと舌を鳴らし、「まるで外国じゃねえか……」と悪態をつきながら最上階のスイートに向かった。ぶよぶよに太ったアメリカ人は、すでに目覚めていた。不機嫌な印に、視線を合わせようとはせず、ブツブツ呟きながら顔を洗った。

ロイド・サマーJr.は、タオルを首に掛け、籐の椅子を軋ませながら腰を下ろし、やがてグイと篠田を睨んだ。

「俺は朝が遅いんだ……。いい夢もみたい。それにしても、逃げ出すのがチト早くはなかったのか？」

「ボスが手下を連れて外出している時に、ブツが運び込まれているなんて、警察は考えない。幸運だった」

「ああ、貴様にとってはな。じゃあ、なんで警察は嗅ぎつけた⁉」

「俺が、取引している男の女と寝たからさ。そいつがネタを売ったんだろう。償いはさせる」

「償い!? 償いだって?……。組織は一五〇万ドルでコカインを仕入れ、ようやく日本まで運んで来た。俺は運び賃やら人件費やら、少なくとも三〇〇万ドルを弁償しなきゃならん。儲けはなしだ!」

「金なら払うさ」

「金の問題じゃない! これはビジネスだ。貴様は大学を出ている。俺は学校なんざ日曜教会の日数ほどにも通いはしなかった。だが信義は知っているつもりだ。貴様は、ヤクザにしては英語も流暢に喋る。俺は好きだよ。だが、信義を裏切っちゃいかん。これはビジネスなんだ」

サマーは「ダン!」と大声を上げた。身長一八〇センチほどの、ほとんど首がないがっしりした体格の傭兵のボスが軍靴を鳴らしながら部屋に入って来た。

「ダン・イヴリ少佐を知っているな。君が乗ってきたクルーザーは自分のものか?」

「いや、〝トランク坊や〟のオモチャだ。警察はたぶん気づかんだろう。俺の交際にも、俺が部下を連れてクルーザーに乗り込んだことも」

サマーは、イヴリ少佐の落ちくぼんだ眼窩を見詰めて意見を求めた。

「もし、ミスターに尾行がついていたのであれば、当然逮捕されているはずだ。それがないということは、警察はミスターを見失ったことで、いささか慌てたんだろうな。俺は信用できる」

「カリでの作戦を覚えているか？　あの方法で、コカインを取り戻す。ミスターの協力を得てな」

「解った。クルーザーには、何人乗っているんだね？」

「五人だ。都心に潜伏している部下もいるはずだから、一〇人ぐらいはなんとかなる」

「私の部下を五名出す」

「二〇人ぐらいどうだ？　半分は殺してかまわん」

　サマーは、まるで顧客をスカウトするような軽口で言った。

「まあ、一〇名が限度だな。作戦を練って、今夜じゅうに上陸しよう」

「そうしてくれ。俺はもうひと眠りする。行ってくれ。いいか、ビジネスのなんたるかを忘れんことだ」

　篠田は監視付きでゲスト・ルームに移された。イヴリ少佐は、コーヒーメーカーのスイッチを入れてから、ソファに腰を下ろした。

「カリでの作戦というのは何だね？」

「コロンビアの町の名前だよ。三大カルテルの本拠地のひとつだ。俺がそこに雇われていた時、大量の商品を政府軍に奪われたことがあってね、無差別に十数人の市民を誘拐して、その場で数人殺し、政府に残った人質との交換を迫った。結局、また数人を処刑しなきゃならなかったが、政府は言うとおりに商品を返したよ」

イヴリ少佐は、話しながら日本人の表情が嫌悪に歪(ゆが)むのを眺めて楽しんだ。

「日本のヤクザは、市民に迷惑を掛けないのが誇りだそうだがね」

「俺はヤクザじゃない。ビジネスマンだ」

「作戦に反対かね？」

「条件がある。無差別は無差別でも、俺が選んだ階級の中から誘拐する」

「君という男はどうも、〝アカ〟の臭いがするな」

イヴリ少佐は、イスラエル人が示す共産主義(アカ)への一様に蔑(さげす)んだ視線を、示した。篠田はしかし、すでに最初の犠牲者たちを、頭の中でピックアップしていた。


外務省飯倉(いいくら)公館で開かれた外務省領事作戦部の集中セミナーは、早々とリアル・ケースの調査に入っていた。出席者は、警視庁の麻薬犯罪のエキスパートから、厚生省の麻薬Gメン、財務省税関部の役人まで多彩な顔ぶれだった。関係者の間で、外務省(Foreign)のFと、情報を統括する第二局という意味あいから、《F2》とだけ呼称される領事作戦部の自衛隊側のメンバーが、佐竹二佐と飛鳥三佐だった。分厚いカーテンが引かれ、ライトが落とされた部屋の中で、佐竹は、スクリーンに映(うつ)るスライドをポインターで指し示しながら、説明し始めた。

「なにぶんにも、警視庁から連絡を受けたのが数日前だったため、安全確実な飛行ルートを検討する余裕がありませんでした。まず一枚目は、これは夕方直前の順光で、航空自衛隊のRF—4EJS『ファントム』偵察機が斜め方向から撮影した代物です。お手元に、国土地理院発行の二万五千分の一の地図を配布しました。

緑魔島——、ロクマジマと呼びます。東京から三〇〇キロ。八丈島から西に六〇キロの位置にあります。最大標高は一〇〇メートル。周囲はおよそ一〇キロメートル。真横から観ると、低地の船着き場から、ピークの小学校跡地までなだらかな台形状の地形をしています。緑魔島の名前が示すとおり、黒潮の真っ只中にあるため、気候は亜熱帯。植生はジャングルに近いものがあります。かつて、カツオ漁を営む漁民が住んでいましたが、二〇年前八丈へ集団移住したあとは、役場の登記上は無人島です。十年前、東京の建設会社がレジャーランド建設の目的で、タダ同然の金額で買い取りました」

「それについて一言」

警視庁から参加している弓月昭治警部が右手を上げた。どことなく猫背で風采の上がらない男だったが、ときどきメンバーのほんの数時間前の行動を言い当てて、皆をびっくりさせることがあった。ひとり娘だけが自慢のたねで、頭脳プレイヤー揃いの集団にあっては、飛鳥と同じく第一線の現場で働くことに生き甲斐を見出しているようなデカだった。腕がスライドを遮り、スクリーンに巨大な影を落とした。

「じつは周辺捜査なので、まだ詳しいことは解っておりません。購入したのは、新都庁建設にも参加した大手の帝国建設ですが、どうもレジャーランドとしては、選定を失敗したようです。大型機が着陸できるでなし、船着き場は、港を拡大しようにも、そこだけ岩礁地帯で浚渫費用が莫大になる。潮の流れも激しくて、スキューバ・ダイビングにも不向き。まあ、土地転がしにありがちな、とりあえず買っておけって奴ですな。小学校跡地にコテージを建て、接待用の避寒地としてしばらく使用されていましたが、今現在の使用状況は不明です」

「おっしゃるとおりですな。滑走路は、ツインの軽量セスナがようやく離陸できる一〇〇〇メートル。民間用ヘリで往復するには、ちと遠すぎる。その滑走路は、現在明らかに使用状態にあります。次の写真を……」

　飛鳥が次のスライドを差し替えた。

「次の写真は、同じ『ファントム』偵察機が夜間に撮影した赤外線写真です。解像力の向上により、昼間とほとんど変わらぬ映像が得られます。問題は、白黒写真しか撮れないぐらいのことでして。島を一周して撮影した写真の分析によって、島には四トントラックが二台とピックアップトラック、ジープ四台があります。船着き場には高速ボートが二艘。滑走路脇に駐機している小型のヘリコプターは、マグダネル・ダグラスMD—530『ディフェンダー』ヘリかと思われます。これは、センサーと武器を装着すれば、とてもコンパクトな対戦車ヘリコプターになります。給水タンクの上の監視ポストに、人間がひとり見えますが、明らかにサブマシンガンを肩に掛けています。堅固なというほどではありませんが、まあ、要塞ではありますな。もちろん、刑法と、おそらく入国管理法にも抵触するでしょう」

「ちょっとよろしいですか？」

メンバーの紅一点である財務省税関部特別審理官歩巳麗子が右手を上げた。DCブランドに身を固め、短めのソバージュ・ヘア、厭味のない程度に匂う香水と、一点の曇りもないエナメルのヒールは、彼女の恵まれた経済環境を示し、紅一点でありながら物怖じしない態度は、彼女が受けた教育と、自身の才能に対する絶対的な自信を誇示していた。

「私の知るところでは、航空機はグライダーから軍用機に至るまで、国土交通省への登録が義務づけられています。リストをご照会いただけましたか？」

「ええ。機体そのものは、帝国建設の所有機になっていますが、ここ半年、その機体を駐機場所の東京ヘリポートで見た者はおりません」

「結構です」

弓月が年下の女に丁寧な口調で答えると、麗子は機械的な感じで礼を述べた。

「続けます。コテージですが、これは、もともと小学校の建物を改築したものです。

屋上には、ご覧のように衛星通信の設備から、レーダーまでひと揃えあります。彼らがどこと交信し、どんな警戒システムを持っているかを探るため、明日、電子偵察機を飛ばす予定になっています。われわれの予測では、最低一個小隊、四〇名近くの武装兵がいるものと想定されます。私のほうからは以上です」

「よろしい。ライトを点けてくれ」

領事作戦部の代表であり、産みの親でもある外務省の鳴海弘審議官が、スクリーンの前に歩み出た。ワイシャツは皺だらけで、ネクタイに至っては干からびた干物みたいに首からだらしなくぶら下がっていた。この三日間、同じネクタイだった。

「残念なことに諸君、タレ込みがあるまで、警察も海上保安庁も、この緑魔島の住人の存在に気づかなかった。それも、調布に進入する有視界飛行のパイパーをレーダー追跡してようやく突き止めた。VFR飛行なら、途中どこへ立ち寄ろうが国土交通省も把握しようがないからな。この島を経由して日本本土に持ち込まれたコカインの総量は、おそらく一トンを超えるものと推測される。末端価格にして六〇〇億だ。土地や株を転がすほどのうま味はないが、組織暴力団にとっては、大きな収入源になるし、何より、これが社会に流出した場合の影響は、甚大なものになるだろう。

われわれの目的は、なるべくなら自衛隊抜きで、この島に上陸し、制圧し、住民を武装解除、違法行為を摘発することにある。上陸までの指揮は海上保安庁が執り、上陸後は、警視庁と麻薬Gメンが前面に立ち、制圧後、各自にそれぞれの任務を果たしてもらう。相米君、説明を頼む」

海上保安庁のメンバーである相米昭一等海上保安正が、手書きの地図をスクリーンに掲げた。

「率直に申し上げまして、海上からの奇襲作戦はほとんど不可能です。さきほどの偵察写真にありましたように、船着き場には、常に二名の監視兵がいるものとすると、ここからの接近はまず放棄しなければなりません。岩礁地帯のため、巡視艇を盾に大部隊で乗り組むことが不可能だからです。コテージの屋上に設置されているレーダーに、海面監視能力があった場合、当然あるでしょうが、水平線以内に船舶を停泊させるわけにもいきません。もともと三ノットを超える速い流れが島を取り巻いていますので、ゴムボートの使用は不可能。船着き場以外は切り立った絶壁が続くため、迂闊に接近もできません。つまり、この緑魔島は、天然の要塞なんです。したがいまして、進攻作戦は、ヘリコプターを使用して空からということになります。われわれが滑走路周辺と船着き場を受け持ち、警視庁がコテージ周辺を受け持ちます。具体的な計画立案はこれからですが、機動隊を使っての、軍隊で言うところのヘリボーン作戦ということになるでしょう」

「情報漏洩の危険を最低限に抑制するため、作戦は一週間以内に行なう」

「バカげているわ……」

麗子が冷ややかに呟いた。「お尋ねしますが、機動隊や警視庁のヘリ部隊は、〝ヘリボーン作戦〟の経験がおありなんですか？」

「うちは軍隊じゃないからね、そんなもんはないと思うよ」

弓月は他人事のように答えた。

「自衛隊の専門家の意見を述べてくださいませんか？」

「申し訳ないが、お嬢さん。われわれは意見する立場にはない。助言はするがね」

「うちのボスは黙ってたが、少なくとも四カ所の機関銃座が写真に写っていた。たぶん、肩撃ち式の『スティンガー』対空ミサイルもあるはずだ。俺から言わせれば、死にに行くようなものだ」

「言葉を慎め、飛鳥」

「自衛隊に任せたほうが無難なことは明らかだが、いくら国民に見えないところとはいえ、世論を無視するわけにはいかん」

「せっかくですが、審議官。私は、パイロットのライセンスを持っています。墜落すると解っている飛行機に乗るのは真っ平です」

麗子は話にならないという表情で抗弁した。

「もちろん、君たちには、総てを制圧し終わってから乗り込んでもらう。そういうことで納得してもらえないかな？」

　鳴海は珍しく柔和な表情で、麗子に語りかけた。

「結構ですが、なお作戦の熟慮を求めます」

「ではそういうことで。作戦開始前日まで、この会合は開かれない。無用な接触は避けることになる。以上だ」


　飛鳥は、書類をバッグにまとめて飯倉公館を出る麗子を、一〇〇メートルほど尾行して摑まえた。

「興信所みたいな趣味をお持ちですのね」

「いや、お茶でもどうかと思ってね」

「それはどうも。私を誘ってくださる方は少ないんですのよ」

「その、ザアます言葉はやめてくれ。お互いパイロットなんだから、航空用語のほうがまだましだ。それに、申し訳ないが仕事の話だ」

　二人は、地下鉄の駅に近い喫茶店に入って、窓際の席に腰を下ろした。

　ウィンナコーヒーが運ばれて来るまでの間、麗子はじっと飛鳥の両手の指に視線を落としたままだった。

「職業パイロットは、もっとしなやかな指をしているものだけれど……」

「貧乏人には苦労が多いのさ。ライセンスはアメリカで取ったのかい？」

「ええ。ロスの大学にいる頃。双発機クラスまで持っているわ。総飛行時間は、そろそろ四〇〇〇時間ね。今でも、月二回は父のパイパーを操縦するわ」

「金持ちのお嬢様なんだ」

「ただのサラリーマン社長よ」

「だが、ただのサラリーマンには、ライセンスはあっても飛行機は買えない」

「どうして、『ハーキュリーズ』に乗っているんです？　航空自衛隊のパイロットって、皆んな戦闘機に乗りたがるんじゃないの」

「以前は『イーグル』に乗っていたが、あんまり無茶をするんでね、降ろされた」

「具体的にどんな？」

「超低空でスロットルをいっぱいに吹かすとか、フル装備で錐揉み飛行をやらかすとかさ。限界飛行に挑戦して命を縮めるイカれた野郎と呼ばれてたよ」

「いつでも死ぬ準備ができているわけね」

「そう。女房とは別れた。親はボケて老人ホーム。思い残すことは何もない」

「了解。私は鼻持ちならないお嬢様で、貴男はイカれたイーグル・ドライバー崩れ。それで仕事の話ってのは何？」

「鳴海審議官のことだよ。昨日、君は彼のくたびれたファッションを皮肉っただろう」

「私は外国暮らしが長かったから、ファッションについてはうんざりするほど教育を受けたわ。外国人とつき合うための最低限の礼儀なのに。選りによって外務省の審議官があれじゃあみっともないじゃないの」

「たぶん、君が外国暮らしをしているさなかのことだと思うが、赴任先のニューヨークで奥さんとひとり娘を亡くされた。もう、十年ぐらい前のことだ。麻薬取引に絡むギャング同士の撃ち合いに巻き込まれた。遺体は蜂の巣で、見る影もなかった。鳴海さんの孤独な戦争が始まったのは、それからだ」

麗子は、微かに思い出した。ロスにいた頃、外交官の家族が事件の巻き添えで死亡したニュースが、日系人社会に重苦しく流れたことがあった。

「麻薬戦争。最初は、誰も彼の意見に耳を貸そうとはしなかったが、アメリカの状況の深刻さを理解した賛同者が徐々に集まってできたチームが、この領事作戦部だ。局長クラスの審議官でありながら、彼がこのチームのボスを務めているわけがそれだ」

「じゃあ、貴男もその賛同者のひとり？」

「いや、俺は佐竹さんにスカウトされただけだ。俺が乗る《ブルドッグ》のクルーは、皆んなはみ出し者だよ」

「それにしては、面倒見がいいじゃないの？」

「そうじゃないさ。君が自分でも解っているように、君には誰も近寄りたがらん。俺はジョーカーを引かされたんだ。別に迷惑じゃなかったがね。まあ、そういうことだから、これから気をつけてくれ」

「感謝するわ。機会を見つけて謝っておくわ。再婚する意志はないのかしら……」

「俺かい？　それとも鳴海さん？」

「両方」

「俺なら、ない。女には飽き飽きしている。セックス以外の必要性は認めないし、エクスタシーが欲しけりゃあ、空へ昇ればいい。鳴海さんのことは、興味外だな。誰だって、触れられたくないプライバシーってのは、あるもんさ」

二人は、コーヒーを半分ほど残して席を立った。飛鳥は入間基地へ。そこからT―33ジェット練習機を駆って、第一輸送航空隊が所属する小牧まで帰る予定だった。麗子は、成田空港の税関支所へと帰路についた。

運命は気まぐれなものだ……。

麗子から官舎に詫びの電話を貰った時、鳴海はコンビニで買った幕の内で味気ない夕食の最中だった。食べ飽きた弁当に箸を付けながら、そう呟いていた。

箸だけは自分のものを使うので、幕の内のビニールケースについている割箸だけが溜まって台所の引き出しを占領していた。整理する人間はいなかった。上着の類いはボロボロになるまで着古し、下着はせいぜい海外で買い足す程度だった。

娘が生きていれば、麗子よりほんの少し若いはずだ。大学を出て、仕事をひと通り覚えて一番楽しい頃に違いない。ジャーナリストになって、アフリカ問題に取り組むのが夢だと言っていた。

未だに、心の整理が付かなかった。毎晩のようにうなされた。娘の誕生日が近づくたびに、本当なら今ごろ……と、埒もない思いに取り憑かれた。自分がアメリカ人だったら、どんなに楽だろうと思うことがあった。そうすれば、政府の麻薬対策チームに加わって、思う存分復讐ができたはずだった。

麗子のはつらつとした仕事ぶりに接するたびに、嫉妬を憶えた。運命は無慈悲で、神の祝福は不公平だ……。

鳴海は官舎のキッチンで、背筋を伸ばしてただ黙々と遅い夕食を摂りながら、そう思った。箸を置くと乾いた音だけが、がらんとした部屋に響いていた。

サングラスを掛けたイヴリ少佐と篠田は、アタッシェケースを下げ、三つ揃いのスーツに身を包んだビジネスマン然としたスタイルで、それぞれひとりずつ部下を引き連れて五つ星ホテルのエレベーターに乗り込んだ。会議中と書かれた部屋のドアを開くと、奥のドアの前で、パンチパーマの男が煙草をくゆらせていた。

少佐の部下が後ろ手に防音ドアを閉める。

「何か御用でしょうか？」

「緊急の届け物でね」

篠田は、さも札束が詰まっているかのようにアタッシェケースを持ち上げてみせた。こういう後ろ暗い集まりでは、秘書は来客者の氏素性を尋ねたりはしないものだ。

男がドアを開けると、篠田はつかつかと壁際に歩み寄り、二本の電話線を引き千切った。テーブルに居並ぶ背広姿の男たちがあっけに取られている隙に、少佐の部下がガードマンとも秘書ともつかぬ男を縛り上げ、少佐自身は、アタッシェケースからイングラムのマック11サブマシンガンを出して構えた。

「騒ぐな！」

篠田は低い声で一喝した。「全員、自分の名刺をテーブルの上に一枚ずつ置け」

男たちが、もつれる手つきで名刺ファイルを漁っている間に、少佐の部下は爆発物のセットに掛かった。

「一度しか言わんから、間違いのないように聞いてほしい。われわれは、コロンビアの麻薬カルテルを代表している。三日前、日本政府はわれわれの貴重な商品を略奪した。君たちが、自分の縄張りをよそ者に荒らされたくないのと同じように、われわれも搾取されることを望まない。政府は、君たちの税金を搾取する談合には目をつぶる一方で、われわれのビジネスの存在を許そうとしない。これは極めて不公平だ」

篠田はマック11を構えながら、名刺を一枚一枚眺めて回った。

「そこで、君たちの中から五名を選抜し、日本政府との交渉のカードとして貢献してもらう。お前、お前、お前……。日本政府の回答期限は四〇時間後。つまり明後日の午前十時だ。詳しくは追って指示する。私の暗号名は《ブロウ・チャーリー》だ」

イヴリ少佐が頷いた。篠田は、片手にゲージ・メモリが付いたC４プラスチック爆薬の時限装置を掲げて見せた。

「この起爆装置について説明する。こいつは、振動感知器と音声感知器がセットになった代物だ。爆発すれば、この分厚いテーブルをスープ皿を割るみたいに粉々にする」

篠田はそれをドアのノブにくっつけて、静かにノブを回してみた。

「このように、細心の注意を払ってドアを開いても、メモリは一〇デシベルを超える。それが、この起爆装置の引き金だ。オフ・タイマーは二時間にセットされる。それを過ぎるまでは、この部屋を出ることはもちろん、咳も遠慮したほうがいいな。不慮の事故を避けるために、皆、椅子から降りて絨毯に胡坐を組もうじゃないか？……。さあ、動け！」

ドア口へ歩み出た人質候補を除いて、男たちは皆動くものから少しでも離れた場所へと移動して、腰を下ろした。

「どいつにする？」

篠田は、ドア口から二人目に立つ、脂ぎった顔の男へ顎をしゃくった。

イヴリ少佐は、部屋の隅に畳んであった、厚手で純白のテーブルクロスを取ると、その男の頭からかぶせて座らせた。空の筆箱が床に落ちるようなカタカタという乾いた音が響くと、シーツが鮮血に染まってゆく。マック11の掃射音は、驚くほど小さかった。撃たれた男は、呻き声を発する余裕もなく、ドサッと絨毯に崩れた。

「これは、われわれの意思表示だ」

爆薬をセットして廊下に出ると、新たに二人の部下が待機していた。それぞれの人質と肩を組み、いかにも旧友同士という感じで駐車場に降りると、そのままワゴンに乗り込んだ。

同時刻、小田急線沿いのキャンパス街で、五名の学生が誘拐され、うち一人の女子大生がテニススクールの化粧室で射殺された。遺体の発見は、こちらのほうが早かった。

日本政府が事件の概要を把握したのは、午後九時過ぎだった。

築地の料亭から急ぎ帰った青柳俊博総理を、官房長官の咲田喜義と、警視総監の大泉隆一が執務室で待ち受けていた。

「八時半ごろ、渋谷ハチ公前交番に、駅内コインロッカーのキーを包んだワープロ用紙が投げ込まれました。同三十五分、二名の警官によって開けられたロッカーの中から、ホテルの名前と、誘拐した一〇名の氏名を記したワープロ用紙、ライフル・マークが付いた九ミリのパラベラム弾二発が発見されました。それぞれ別の銃から発射したものと思われますが、夕方発生した女子大生射殺も九ミリ・パラベラム弾でした。同四十五分、パトカーがホテルへ到着、会議室にて、身動きせず胡坐を組んでいた人質と遺体、爆発物を発見しました。今事情聴取中です。死亡者は現在二名。もし声明文どおりなら、まだ八名の人質がおり、明日の夕方、そのうちの二名が殺されます」

青柳総理は老眼鏡を掛けると、声明文のコピーに視線を落とした。

「特定の大学の学生なのかね？」

「なにぶん、若い連中のことでして、身許を確認するのに手間取りました。学校側――、聖城学園ですが、死亡した女子大生の身許は確認、残り四名も在校生名簿にありました」

「このホテルでのいかがわしい会合は何だね？　出席者は、いずれも大手の建設会社、不動産会社と都市銀行の幹部連中じゃないか」

「これは土建業界の談合クラブです。定期的な会合をもって、ビッグ・プロジェクトの配分を決めるようなことをやっていました。アンダーグラウンドの世界では、わりと知られた会合です」

「それで？　どうすればいいのだね？」

「同九時、警視庁内に、捜査一課から四課まで横断する特別捜査本部を設けました。今現在、二〇〇名を超える捜査員が現場に出て聞き込みに当たっており、幹線道路での検問も実施中です。マスコミへの発表はまだですが、漏れるのは時間の問題だと考えてください。おそらく報道協定を結ぶことになると思います」

「いや、私が尋ねているのはそんなことではなく、君たちが押収した一〇〇キロの純正コカインを、どうすればいいのかという意味だ」

「交換は問題外です。あくまでも、警察力で解決すべきです。総理は、先のサミットにて、麻薬撲滅に対するアメリカ大統領の声明に、全面的な協力を表明なさいました。もし、麻薬組織と取引するようなことになれば、日米関係にも悪影響を及ぼすでしょう」

「この《ブロウ・チャーリー》という暗号名には、何か意味があるんだろうな……」

「ただ今コンピュータで解析中のはずです」

「さて、官房長官。どうしたもんかな。一流企業の幹部クラスと、たぶん、そういった連中のボンボンや嬢ちゃん連中の命が懸かっている。まあ、国民には相違ないわな」

「最初のタイム・リミットは明日の夕方ですな。それまでに、警察がどれだけ頑張れるかでしょう。もしそれを過ぎたら、これは総理の決断ということになります。八名の人質を見殺しにして国家の威信を守るか、人命を優先して、麻薬組織を付け上がらせるか」

「どうしたもんかな……」

青柳は天井を仰ぎ見てから瞑目するように瞳を閉じた。そして、ポツリと呟いた。

「領事作戦部……」

警視総監が眉をひそめた。

「あれは、捜査機関ではありません。さらに言うなら、あれは、一外交官の個人的な恨みを晴らすために作られた組織です。捜査を指揮する立場の者としては賛成しかねます」

「だが彼は、早くからこういう事態を想定していたんじゃないのかね」

領事作戦部の極秘結成と予算に判を押したのは、外ならぬ前外務大臣の青柳だった。

鳴海は、その時一本のビデオテープで青柳を説得したのだった。

スイスのチューリッヒ。注射針公園と呼ばれる一帯を映したビデオには、スイスの顔である銀行街から一〇分も歩かない公園の一角で、政府が堂々と麻薬用の注射針を、麻薬患者が持ち込む古い注射針と交換しているおぞましい光景が映っていた。

スイスのエイズ感染者は、アメリカに次ぐ。公園に屯する若者の半数はエイズに冒され、政府は、それ以上の感染をくい止めるために、使用目的を知っていながら、毎日七千本もの注射針を支給するのだった。もちろん、公園の中は、まるでバーゲン会場のようにおおっぴらに麻薬が売り買いされていた。

青柳は、あの時の鳴海の厳しい台詞を思い出した。

「もし政府が有効な手を打たなければ、法務省、検察庁の合同ビルが見下ろす日比谷公園で、厚生省の役人が注射針を配って歩く羽目になる」と……。

「鳴海君を至急呼びたまえ」

「しかし……」

「私は、総理大臣だ。私が会いたいという人物を、ここへ連れて来たまえ」

青柳は語気鋭く命じた。

鳴海を半ば強引に連れ出した麗子は、《銀座和光》で数本のネクタイを選ぶと、麗子が払う約束でメニューに値段の表示がないフランス料理の高級レストランに入った。

フルコースの食事を終える頃には、麗子は鳴海が外見とは裏腹に生粋の外交官であることを強く認識させられた。鳴海は完璧なテーブルマナーと、惚れぼれするような華麗なナイフ捌きの腕の持ち主だった。

「あのネクタイは、ひょっとして思い出の品だったんですか？」

「いや、毎年クリスマスに、本省の女子職員有志一同からプレゼントされる。その一本だったと思う。お父さんは飛行機嫌いで有名だったが、ひょっとして宗旨変えされたのかね？」

「私が洗脳したんです。でも、父をご存じですの？」

「君の幼い頃のアルバムを開いてみるといい。カイロで……、君はまだ三つ。私は二等書記官で、娘が生まれたばかりだった。家族ぐるみのつき合いだったんだよ。東京での葬儀には、君のご両親も出席してくださった」

「たぶん、私はその頃ロスにいたんだと思います。どうしてＦ２結成の時におっしゃってくださらなかったんですか？」

「お互い珍しい名字だからね、すぐ気づいたし、一応身上調査もさせてもらったから。まあ、私が自分で保証書を書いたようなものだが。税関初の特別審理官が、なぜ私のもとへ放り出されたか考えていた」

「嫌われているのは解ります。アメリカナイズされた合理的な思想の持ち主で、ずけずけ意見を言うし、それに金持ちだし……」

「加えて、大方の男たちより優秀だ。男女の役割が侵食し合い、変わろうとしている今は、双方にとって困難な時代だ」

「正直に言うと、私は領事作戦部の会合に顔を出している時のほうが気楽です」

「誰も君の部下になるわけじゃないからな。優秀な女性に仕(つか)えるよりは、無能極(きわ)まりない男の上司に仕えるほうをよしとする男はまだ多い。時代が変わり、男たちが優秀な女性を受け入れるようになるまで、そう時間は掛からんとは思うがね」

「再婚なさらないんですか？」

「うん。まあ定年までは独(ひと)り身が気楽だな。六十歳過ぎて、老いらくの恋に目覚めるようなことがあったら考えるよ」

「でも……」

静かなクラシック音楽が流れる中で、鳴海のポケットベルがけたたましく鳴り響いた。

「失礼……」

鳴海はレストランの電話を使わず外の公衆電話まで走った。二、三分で帰って来ると、ボーイにタクシーを二台呼ぶように頼み、席には就(つ)かず麗子を促(うなが)した。

「君は今夜は実家泊まりだったね。すまないが、飯倉公館の事務所に帰って、主要メンバーに自宅待機するよう電話を掛けてくれ。都心にいる連中は、オフィスへ顔を出すよう。官邸からお呼びが掛かった」

「了解しました。荷物は私が預かります」

鳴海と麗子は、慌(あわただ)しくタクシーに乗り込んだ。街では、いつになくパトカーが忙(せわ)

しなく走り回っていた。

名古屋の航空自衛隊第一輸送航空隊・小牧基地内の巨大なハンガーの中では、ＡＣ—130Ｅ／ＨＪ『ハーキュリーズ』が翼を休めていた。

機体後部キャビンの燃料受油パイプ付近で、機付き長の整備士・小西衛治（こにしえいじ）曹長が、ふた言目（こと）には「殺してやる……」と呟きながら、ヘッドランプの灯り（あか）の下で、燃料添加剤のタンクを接続する作業に没頭していた。《ブルドッグ》は、時と場合によっては、満足な品質の航空燃料が手に入らない地域での作戦も余儀なくされる。そういう時は、普通のガソリンや灯油ですら燃料として使わねばならなかった。もちろん、添加剤の使用によって、エンジン性能は著（いちじる）しく低下するし、エンジンそのものを痛める危険もあったが、あらゆる苛酷（かこく）な状況でのフライトに耐え得ることが、佐竹二佐が出した要求だった。

今年二十九歳になる小西は、この《ブルドッグ》の医者であり、看護師であり、この機体に関してなら、フレームに隠されたリベットの一本からすべてのエンジンの納入時期、回転時間、癖のひとつひとつに至るまで、それこそレントゲン写真と磁気共鳴装置で輪切りにしたみたいに熟知していた。乗組員を節約するため、航空機関士として搭乗するのも彼だった。

　機体は新品で健康そのものだったが、整備する小西の精神は、バランスを失う一歩手前まで破壊されていた。飛行機の看護師である小西が、つき合っていた本職の看護師に裏切られたのは、もう一年以上も前のことだった。それが、人生の転落の始まりだった。塞ぎ込み、白昼うわごとを呟くようになり、チームワークに支障を来すようになってほうり込まれたのが、この《ブルドッグ》のチームだった。

「飛鳥さん。俺はねぇ、今ふたつのオプションを考えているんですよ。女を殺して刑務所に入るか、それとも女の目の前で自殺して良心の呵責って奴を思い出させてやるか」

　小西は、手を動かしながら、兵員用のキャンバスに横になっている飛鳥に話し掛けた。飛鳥は、官舎に帰るのが面倒な時、いつもコーヒーが入った魔法瓶を下げてキャビンで眠ることにしていた。そこが、自分にとってもっとも安らぐ場所であったからだった。

　飛鳥にとっては、恋愛は結婚する前に失敗に気づくか、結婚したあとで失敗に気づくかの差でしかなかった。防衛大学校時代につき合った最初の女がそれを教えてくれた。

「貴男は男らしくて、ハンサムで、誠実で、頭もいい。でも、たとえ貴男が完璧な男だとしても、女にとって必要なのは、そんなもんじゃないのよ。貴男はいつ死ぬか解らない。どんなに甲斐性のない男だって構わない。酒飲みで安月給だろうと、女にとって必要なのは、毎日、夕方には疲れた顔で帰って来てくれる、普通の男なのよ」

親父は、俺が防大に入ると同時に、早々と定年になった。俺には、婚約指輪を買おうにも、無心できる親はいなかった。そもそも、自分の結婚で親を頼るのは男として最低限のプライドが許さなかった。そういう教育を受けて育った。

その女は、スイートホームの部屋代からコンドーム代まで面倒みてくれる優しい親付きの男と結婚し、スープの冷めない距離に住んで、理解ある姑を乳母代わりに使って、ママゴトみたいな人生を過ごしている。

飛鳥は、ひとつのことを学んだ。世間には、何の努力もなしに幸せな人生を過ごせる奴らがいる。そいつは幸運という気まぐれな女神に見守られた連中で、今日びのご時勢じゃ、マイホームや家庭や、一流会社という裏打ちを伴っていた。飛鳥には、その類いの資産はただのひとつもなかった。自分にはたいした幸運がないことを学んだ。幸せは、自分の努力の範疇でしか得られないことを学んだ。それは、貴重な学習だった。

あの女のことは今でも癪だった。

飛行学校時代の同僚を事故で失った時、飛鳥は、自分が守ろうとしている体制が、いかに欺瞞に満ち、自分たちが命を擦り減らしてやっていることがいかに滑稽で、社会がいかに自分勝手な論理で動いているかを悟った。もっとも、結婚する前に失敗に気づいたのは、幸運でもあったが。

〝幹部自衛官たるにふさわしい人生〟を築くために、上官にせっつかれて結婚したのも、最悪だった。

二度目の失敗以来、飛鳥は飛ぶこと以外に興味を失った。おかげで女に裏切られることはなくなった。女を信じる必要もなくなった。飛鳥にとって世間は、裏切りと背信、憎悪と打算が織り成すクズどもの集合体に過ぎなかった。

空では……、自然の法則との果てしない闘いは、フェアな真剣勝負だった。それは、飛鳥のプライドや男性本能を満足させるデンジャラスなラヴ・ゲームでもあった。

「俺のチームはまったく、商売女に引っ掛かった坊やの駆け込み寺みたいだな……」

飛鳥は、機内灯の下で読んでいたクライブ・カッスラーの『Dragon』を閉じ、上体を起こしてパレットの上に裸足の足を投げ出した。ポットからコーヒーをマグカップに注ぎながら、飛鳥は、「女だけ殺すってのはどうかな……」と呟いた。

「お前の場合は初犯だし、怨恨となれば、せいぜい十年の求刑で、実際には六年かそこいらで娑婆へ出て来る。そんな中途半端な歳で出て来たって仕様がねぇだろう」

「じゃあ、土地持ちの旦那とガキも一緒に殺してやりますよ。一切の弁護をしなけりゃあ、無期を喰らって、二十年かそこいらで出て来るでしょう。残った余生は日雇いでもして暮らせばいい。国家は、俺に何もしてくれなかったし、世間は冷たかった。税金で暮らして、日がな一日独房で本を読むって生活はいいと思いますよ」

「俺たちゃ今だって税金で暮らしてるんだぜ」

「飛鳥さん……。女に欺かれたことがありますか？　利用され、弄ばれ、まるでピエロみたいに扱われ、最後には、あんたは私のことを愛しちゃいなかったんだから、ちゃんと結婚式には顔を出して祝辞を読むのよって……。この歳で道化をやらされるのがどんなに惨めなものか……」

「自分が幸せになるためなら、何だって利用するし、いざとなれば平然と裏切る。それが女って連中の正体だ。自分の歳を考えなよ。まだこれからだろうに」

「その年齢を考えているんですよ。俺は、子供が欲しかったんです。でもねぇ、これからどこかで巡り逢えても、結婚に漕ぎつけるのは三十二、三歳。最初の子供が三十五で、二人目が三十八。こいつは一番順調にいった場合ですから。六十歳過ぎてまでガキの面倒見るなんてことはできませんからね。結婚は諦めましたよ。だから、俺の残った一生を復讐に費やすんです」

「お前は親孝行したかったんじゃなかったのか」

「任務中に自殺するってのはどうです？　そこそこ保険が下りますよ。死んだ後、地獄に堕ちて憎い女を孫子の代まで祟ってやるんです。俺は根っからのバカでしたよ。

人間は、基本的には良心の産物だと思っていたんですけどね、人を欺くことに欠片ほどの罪の意識を感じない奴らがいる。世間には、許しちゃいけない人間てのがいるんです。誰かが裁いて罰を与えなきゃならん連中がね」

「ひとつ頼みがある。その女を殺す時には、俺に黙ってやってくれ。それから、この《ブルドッグ》のエンジンを細工するとか、燃料コックに詰め物をする時には、耳打ちしてくれよ。パラシュートを抱いて乗るから」

「飛鳥さんでも死ぬのは厭ですか？」

「パイロットってのは、自分の責任で死ぬ分についちゃあ、自業自得と達観しているが、他人のミステイクに巻き込まれて死ぬのはご免だからな」

「こいつを道連れにする時には、お知らせしますよ」

飛鳥がうんざりした溜息を漏らしてマグカップを唇に運ぶと、外部コネクターから引かれた内線電話のインターカムが鳴った。佐竹だった。

「官舎にいなかったぞ。どこで寝てんだ貴様は。また《ブルドッグ》の腹ん中か？」

「居心地がいいもんですからね」

「ゼブラ・コードが発令された。そいつはどのくらいで飛べるんだ？」

飛鳥は暗がりの中で、小西に向かって「機付き長、ゼブラだ。緊急発進にどのくらい掛かる？」と質した。

「Aパレットなら二時間以内に」

「空荷なら二時間で離陸できるそうです。例の島ですか」

「まだ解らん。鳴海さんが官邸に入っている。陸自の情報部に当たったところでは、カルテルからの脅迫状が届いているようだ。準備だけでも整えておきたい」

「了解。パレットは何を用意します？」

「とりあえず全部だ。どのくらい掛かる？」

小西は右手に工具を握ったまま近寄り、インターカムに耳をそばだてた。

「Dパレットは、今ここにヘリコプターがおりません。木更津から呼んでもらえますか？　その他なら、一時間少しで準備できると思います」

「ヘリはこっちで手配する。目立たぬように、すぐに作業に掛かってくれ。フライト・プランの作成と――」

「天気図。了解です」

「俺は領事作戦部のオフィスへ移る。連絡はそっちへ回せ。ご令嬢がいるはずだ」

インカムを置くと、飛鳥はカップのコーヒーを飲み干し、最後尾のランプの上にフレームと縛帯で固定してある一二五ccのマウンテン・バイクをほどいた。これが、領事作戦部の予算で購入された、《ブルドッグ》の唯一の備品だった。そもそもは、進攻地点での足周り確保用に購入されたものだったが、《ブルドッグ》のクルーたちは勝手に乗り回していた。

「俺は気象班を起こして、最新の天気図と航空チャートを貰って来る。とりあえず整備クルーを集めてくれ」

　小西は浮き浮きした表情で、にんまりと白い歯を見せた。

「こいつは、案外早い時期に親孝行できるかもしれませんね」

「じゃあ、忘れんうちに、女宛ての恨みつらみを並べた遺書を書いとくんだな」

「そうしましょう!」

　飛鳥はバイクのギアを踏み込むと、スロットルを開いて《ブルドッグ》のランプを飛び下りた。

　鳴海が到着した官邸には、新たに党の麻薬問題対策小委員会の委員長を務める黒田栄一が加わっていた。その腹黒さにおいては、麻薬カルテルも形なしのワルとして知られる男だった。

　鳴海は声明文を一瞥すると、「射殺された被害者はどんな連中ですか?」と警視総監に尋ねた。

「女子大生の父親は、大学病院の外科部長。談合中を襲われたほうの被害者は、地上げで有名な不動産会社の役員だった。声明文と一緒に届けられたパラベラム弾のライフル・マークが、被害者のものと一致した。犯人集団には、外国人も加わっている。情け容赦(ようしゃ)ない。まるでコロンビアの麻薬カルテルがそっくり乗り込んで来たみたいだ」

「意見を述べたまえ」

青柳総理は、鳴海に思考を纏(まと)める暇(いとま)もなく催促した。

「明日の午後六時に、人質のうちさらに二人が殺されます。その最初のタイムリミットまでは二〇時間……。捜査当局が収穫を上げられない場合、われわれは、返還を約束して時間を稼ぐしかないでしょうな」

「人質はどうなるんだね？」

「六時の処刑は避けられないものと考えてください。もちろん、押収物件の返還は問題外です。犯罪者との取引は、百害あって一利なしですから」

「君は、残りの人質全員を見殺しにしろというのかね？」

「はい。選択の余地はありません」

「政治というのは、そういうわけにはいかんのだよ……」

黒田がこめかみを押さえながら、窘(たしな)めるように呟いた。

「いずれの人質も、支配階層の出身だ。しっぺ返しは世論でなく、わが党への非協力的態度となって撥(は)ね返って来るだろう。たった一〇〇キロのものなら――」

「一〇グラムのパックにしたら、一万人もの人間の手に渡ります。少なく見積もっても、千人から三千人程度の常用者と、素人に渡るでしょう。看過することはできません！」

「そうはいかんのだよ、鳴海君……。政治家は、時として不可能なマジックもやって見せなきゃならん」

青柳が黒田を嫌っていることは明らかだったが、政治家という部分においては、二人は同類だった。

「明日の朝までに、私と、私の政権に許容できる選択肢を準備したまえ。この事件の指揮は、捜索活動と併行して、領事作戦部に預ける。ただし、関与は極秘だ。知っているのは、このメンバーだけとする。警視総監、それでよろしいな？」

有無を言わさぬ口調で青柳は警視総監を睨んだ。

「こちらのメンバーも出向しておりますので連絡を密にしていただくという条件で、了解します」

「私の委員会にも、逐一報告を入れてくれたまえ。最終的には、政治決断を避けられんだろうからな、総理ひとりに責任を負わせるのは酷というものだ」

黒田も、言っていることは正鵠を得ていた。

「では、これで――」

「その暗号名の《ブロウ・チャーリー》というのはどういう意味だろうな……」

「これは、ドラッグの世界のスラングで、コカインを鼻孔から吸引する方法をそう呼ぶんです。注射針と違って即効性に欠けますが、エイズを移される心配がない。それは犯人のジョークですよ。自分はブロウ・チャーリー、絶対安全だという」

青柳は満足そうに頷いた。

「よろしい、作業に掛かってくれ」

官邸の赤絨毯を鳴海と並んで降りながら、大泉警視総監は秘書官に「先に行ってろ」と命じて人払いした。

「弓月……、警部でしたか。出掛けにちょっと話して来ましたが、策がおありになるそうですな？」

「ええ。連中のアジトは解っています。人質の問題さえ無視できれば、いつでも潰せます。黒田議員の前で口にするのもどうかと思いましたのでね。誰ですか？　あの御仁に真っ先に知らせたのは」

黒田に敬称を付けて呼ぶのは虫酸が走った。

「まあ、麻薬問題対策小委員会のメンバーの半分は警察官僚出身議員だからね、どうもうちが怪しいな……。国会議員でなけりゃあ、とっくにムショ暮らししているような奴だ。あいつに口を挟まれることだけは避けたい」

「アジト周辺に、今航空自衛隊の電子偵察機が張り付いています。何かつかめたら、ホットラインでお知らせしますよ」

「お願いします。麻薬問題のエキスパートとしての貴方の知識を頼ることになるでしょう。もちろん、意志もね」

二人は、玄関のソテツがあるポーチで、それぞれの専用車に乗り組んで別れた。午後十時を少し回った頃だった。その頃、コカインを打たれて意識の朦朧とした人質六名と、イヴリ少佐を載せたクルーザーは葉山を出港して、すでに大島沖を過ぎようとしていた。

弓月警部は、警視庁内の大講堂に集まった二〇〇名余りの私服刑事の熱気の前に歩み出た。刑事部はもとより、防犯部の保安、少年課から、犯人グループに外国人がいるということで、公安部の外事までが出席していた。

「皆んな、注目してくれ。五分で終わる。手元に資料と写真のコピーを配布した。探すのは二人だ。ひとりは、ホテルの監禁場所にも現われた、篠田オフィスの代表・篠田美徳三十三歳。篠田〝組事務所〟じゃない。オフィスだ。旧来のヤクザとは違ってインテリだ。前科は経済事犯だけ二件。残念ながら、四課の重要マークの対象外であり、その正体は未だ判然としない。女や隠れ家関係は四課が中心になって洗うが、この四課のメンバーをひとりずつ君らの班に加える。

もうひとりは、名前しか解っていない。加藤だ。麻薬の運び屋だが、一見サラリーマンふう。先日調布空港で撮った写真だが、オフィスからの尾行をまかれたため、未だに正体が解らん。麻薬押収時に逮捕した下っ端から事情聴取しているが埒があかん。

特徴的なことは、われわれの知識にあるヤクザ組織とはまるで違うということだ。むしろマフィアに近い。だから、繁華街を当たるよりは、銀行、金融筋を当たったほうが情報に到達する可能性は高い。つき合いのありそうな、あらゆる地下金脈、不良外国人、コカインを卸していた組織暴力団を当たる。質問はないか？」

後ろの方で手が上がった。

「コカイン押収時に銃器の発見はなかったんですか？」

「ピストル、日本刀の類いはもとより代紋もなし。出て来たのは会社四季報と日経英字新聞だ。しかし、今夜の犯行にはサブマシンガンが使用された。諸君らは全員武装して出てもらうが、撃ち合いは考えないほうが無難だ。他には？……。よし、なければ散ってくれ。タイムリミットは明日の午後六時。もう二〇時間を切った。東京が、アメリカみたいなドラッグ地獄に陥るかどうかの瀬戸際にある。全力を尽くしてくれ！」

弓月警部は自身のファイルを纏めると、領事作戦部へと急いだ。

領事作戦部の飯倉公館オフィスに――と言っても会議室を臨時に借り受けたに過ぎ

ない部屋だったが、在京のメンバーがひと通り揃ったのは、十一時をわずかに回ろうという時間だった。

一〇畳ほどの会議室の壁に、横に罫線(けいせん)が引かれたA1サイズの白紙が掲げられた。

鳴海は、その中ほどの空白部分の左隅に、PM6・00と書き加えた。

「諸君、警察にとっては、これがタイムリミットになる。われわれの出番は、ここからだ。明日の夕方六時、さらに二人の人質が殺され、遺体が確認されたあと、われわれは緑魔島への上陸制圧作戦を敢行する」

メンバーの間に動揺が走り、小さなどよめきが湧き起こった。

「それは政府の決定事項ですか?」

「いや、明日上申する予定だ」

「軍事作戦ですね?」

「《ブルドッグ》を出すかという意味なら、作戦は従来通り、警察海保中心でゆく」

「無茶な!?……」

海保の相米保安正が、皆んなの雰囲気を代表して口を開いた。

「ホテルの襲撃には外国人が参加したそうですね。使用された銃はイングラムのマック11。爆弾はプロ仕様。これは傭兵の仕業(しわざ)で、対処は軍隊の仕事です。《ブルドッグ》はこういう時のためでしょう」

「むろん、自衛隊の火力支援が必要なことは私も認めるが、表向きは、あくまでも警察行動だ。警察力の行使が多大の犠牲を強いられる場合、自衛隊の出動が考慮されるだろう。政治的に——。そう理解してくれないかな。はなから《ブルドッグ》を出すわけにはいかん。政治的算段と思ってくれ」

相米は一瞬考えて、鳴海の含みある台詞の意味を察した。

「つまり……、われわれは見せ金というわけですか」

「《ブルドッグ》を出す時は、海保にも実際の支援に動いてもらうことになるが、私が政府の許可を取り付けるまではそういうことになる。私だって、無用な犠牲を払いたくはない。最小限の戦力と犠牲で最大限の戦果を上げる。それが戦術の極意だ」

「解りました」

「海保の巡視船が緑魔島の水平線外へ留まるよう調整してくれ。佐竹さん、電子偵察機はいつ頃帰って来ます？」

「十時に入間へ着陸しました。解析に二時間ばかりください。それ次第で後続機の離陸を考えます。海上自衛隊には、すでに支援を要請しました」

「明日の閣議に間に合うよう、自衛隊、警察双方の制圧作戦を別個に草案し、人員、輸送手段を待機させる。直ちに掛かってくれ」

鳴海はさらに白紙の午前六時部分に赤いラインを引いた。そして、佐竹の耳元に近づいた。

「佐竹さん。明日の夕方までに、防衛省の中央指揮所の一室を借りられるよう手配してください。とびきり有能なコミュニケーション手段が必要になる」

「そうですな。私もまさかこんなに早く出番が来るとは思わなかったものですから。準備させましょう。《ブルドッグ》はいつでも出撃できる状態にありますが、人質救出作戦になる可能性もある。たぶん、地上に降りて戦闘する連中も必要になるでしょう」

「確か、習志野の第一空挺団に、推薦したい人物がいるとおっしゃっていましたね？」

「ええ。陸上作戦が不可避な場合、Ａパレット・キャリーで地上に降ろす連中を指揮させようと思っている男です。理由を告げずに、基地内に待機させてあります」

「いいでしょう。午前四時までに作戦を立案してください」

合点がいかぬ様子の麗子が、二人のひそひそ話に割って入った。

「よく解らないんですけど、見せ金というのは、どういう意味なんですか？」

「政府相手に、私が外交を行なおうというのだよ。最初、警察海保が行なう制圧作戦を、自衛隊が撮った偵察写真とともに提示する。敵は傭兵によって組織され、装備は軍隊そのもの。サブマシンガン相手にピストルや催涙ガスで、こちらの犠牲がかなり見込まれるものの、海保も警察もすこぶる戦意が高い。そこで、政治家は考える。犠牲が出るのはまずいとね。とりわけ、明らかな戦力差を承知で突入させたとなると、責任を問われかねない。あの連中は、人命にはセンシティブな反応を示すからね。そこで、じつはこういう事態に対処するための専門集団が自衛隊にはおりますが……、と私が進言するのさ」

「もし《ブルドッグ》が失敗すれば？」

「領事作戦部は、あさってには解散となる」

「テロリスト全員を蜂の巣にするのは困ります。コカインの搬入ルートや組織を洗わねばなりません」

「全員を五体満足なまま逮捕するのは無理だろうが、君の仕事が円滑に進むよう配慮しよう。潰せばすむというものではないからな」

麗子は、アメリカにいる頃、ベトナム帰還兵から、『スペクター』の攻撃がいかに凄まじいものか聞いたことがあった。その二〇ミリのチェーン・ガンが戦場上空でひと度唸り声を発すると、地上の風景は一変し、まるで竜巻きにでも襲われたかのように、鬱蒼と茂ったジャングルが荒涼とした原野へと一瞬にして破壊され尽くす。爆弾を使わずに、あれだけの破壊をし尽くせるのは、ＡＣ―130をおいてはない。

飛鳥も言っていた。

「弾幕を張るという言葉は、まさに《ブルドッグ》のためにこそある」

あの攻撃機には、手綱（たづな）を握る人間が必要だ。自分も乗り組まねばなるまい……。麗子はそう決意した。

2章　凶悪犯の正体

習志野(ならしの)第一空挺団第一中隊隊長・土門康平(どもんこうへい)二佐は、誰もいない作戦室の床で腕立て伏せの最中だった。そろそろ四十歳から逆算したほうが早い歳になったが、その肉体は、彼のもとへ送られて来る二十歳(はたち)前後の若者にけっしてひけを取るものではなかった。もっとも、彼が躯(からだ)を鍛えているのは、任務のためだけではなく、山登りという、彼の趣味のためでもあったが。

内線電話が鳴ると、土門は呼吸を整えながらゆっくりと受話器を取った。佐竹からだった。

「待ってました」

「そこに地図はあるかね？」

「チャートラックがあります」

「小笠原(おがさわら)諸島の緑魔島を出してくれ」

チャートラックの中ほどより少し上の段から、小笠原諸島の二万五千分の一の国土地理院地図を取り出し、チャートデスクに載(の)せて下からアップライトを点けた。

「出しました」

「完全武装の一個小隊程度の海外の傭兵が、その島を乗っ取っている。麻薬組織だ。今日夕方、無差別に市民を誘拐し、警視庁が押収したコカインの返還を要求して来た。すでに二人の人質が挨拶（あいさつ）代わりに殺された。現時点ではまだ制圧（ニュートライズ）作戦だが、人質救出（レスキュー）作戦になる可能性もある。作戦開始（ゼロアワー）は、明日の午後六時以降。《ブルドッグ》を使う」

「現地のデータはどのくらい貰えますか？」

「偵察写真を、今ファクシミリで送信中だ。午前四時までに作戦を提出してくれ」

「制圧と人質救出では、作戦はガラリと違います。おそらく二案用意する必要がありますが、五時間では無理です。人質救出という前提でやらせてください」

「了解する。掛かってくれ。極秘作戦だ」

土門は受話器を置くことなく、フックを押すと、司令部の当直を呼び出した。

「第一中隊の指揮所要員を非常召集してくれ。名目は、抜き打ち訓練だ。それから、団長と幕僚長に至急第一中隊の作戦室に顔を出すよう伝えてくれ」

続けて兵舎の内線番号を回し、彼の趣味上の相棒であるひとりの部下を呼び出した。しばらく地図に見入っていると、等高線が気になった。そしてその島がとてもユニークな形をしていることに気づいた。手帳を開いて、今は松本（まつもと）で山岳ショップを営む彼の登山の師匠に電話を掛けてみた。ベルが一〇回以上鳴ってようやく相手が出た。

「夜分（やぶん）に恐れいりますが……」

「……健全なアルピニストは、もう寝ている時間だぞ」

欠伸と、くぐもった声に続いて、電灯を点けるカチャカチャする音が続いた。

「宮仕えは、夜昼なしですよ。じつは、ちょっとお伺いしたいことがあるんですがね、緑魔島というのをご存じですか？　小笠原諸島にある」

「小笠原の山と無人島は、全部征服した。ええと……。そう緑魔島だ。今は確か私有地のはずだが」

「貴方好みの壁がありそうな気がしますが、登りましたか？」

「うん。もう十年以上前になるが、北西の斜面を登ったような気がする。ちょっと待て……。今ノートを出す。奥さんは元気かい？」

「ええ。息子を連れ出したいんですがね、あんたが滑落して死ぬのはかまわないが、子供を巻き添えにするなって止められるんですよ」

「もう十歳だ。早くはない。山は、テキストを読んで教えるわけにはいかんからな。あった……。緑魔島。そもそも、上陸可能な場所は船着き場しかない。島内に浜辺はない。北西斜面は、最大高度一〇五メートルの岩棚系の絶壁。花崗岩だが、結構ボロボロだったような気がする。グレードは、5・12a程度だろう。上にはきつい庇がある」

フリークライミングの等級としては、上級者向きの入り口あたりだった。

「オンサイトですか？　フラッシングですか？」

「そう急かすな」

どちらもフリークライミング用語で、オンサイトとは、取り付いた瞬間の初見で登り切ることであり、フラッシングは、第三者からの情報を参考に登ることを言った。

「基本的にはオンサイトだが、事前に写真を撮って、さらに小船で崖下に半日留まってルート・ファインディングした。用具を回収しながら登るマスター・スタイルで登った」

「ボルトは打ちましたか？」

「ああ。一〇本ばかり打ったような気がする。亀裂もあるから、ロープの確保はそう難しくはない。だが、さほど満足な確保用ロープは取れん。ノートによると、頂上まで四段階で四時間だ。フェイスありスラブありでなかなか面白い〝素材〟だったよ。真上には廃校があった」

「テラスはありますか？」

「ああ、海面付近に、潮に関係なくボートを乗り上げられるテラスがある。途中にも、そうだな、ほんの二、三カ所だが、四、五人が腰を下ろせそうなテラスがあった」

「夜間に登れると思いますか？」

「バカを言うな⁉　昼間ですら危険なのに、どうしてもというのであれば、俺のような経験者を同行しろ」

　相手はそろそろ土門の目的を察したようだった。

「そっちにいる友だちに至急ご自宅を訪問させます。資料をいっさいがっさい貸してください」

「無茶な奴だ……。無事に帰って来て首尾を聞かせろよ」

「もちろんです。それから、この電話のことは――」

「ああ、俺はぐっすり寝てた。電話なんてどこからも掛かって来なかった」

　相手は、ひと呼吸置いて感慨深げに呟いた。

「いつかは、こういう日が来ると思っていた……。私は、総てのノウハウと精神力を君に教え伝えたつもりだ。知力、体力、精神力。恐怖に打ち克ち、ベストを尽くせ。いいニュースを待っている。今度息子を連れて来い。上高地辺りで洗脳してやるから」

「感謝します」

　受話器を置くと、彼の登山仲間でもある岩崎太一曹長がファクシミリの束を抱えて現われた。寝入りばなを起こされたらしく、トレーニング用の短パンにシャツ一枚というスタイルだった。

「何がおっぱじまるんですか?」

「ニュートライズ・オペレーション、ただしレスキュー・任務が加わる可能性がある」

ファクシミリで送られて来た二〇枚余りの写真を、次々とめくりながら答えた。最後に、洒落たコテージが写る北西の壁を写した一枚の写真を「見ろ！」と取り上げた。

「思ったとおりだ……。お前体調はどうだ？」

「昼間のマラソンでくたくたですよ」

「そうか、じゃあお前には外れてもらうかな。この島の住人に悟られることなくコテージに潜入するには、このフェイスを直登するしかない」

「いつですか？」

「二四時間後、俺とおまえはこのトップにいる」

「隊長、何を寝呆けたことを⁉　こんなものを夜中に準備なしのフラッシングで登るなんて、死にに行くようなもんですよ！」

「じゃあ、お前探してみろ。小隊規模のテロリストがこの島を占領し、コテージに人質が監禁されているとしてだ、どうやって取り付く？」

岩崎が偵察写真と地図を交互に見比べている間に、土門はまたメモ帳をめくり、松本に駐屯する第十三普通科連隊の幕僚長に電話を掛けた。防大同期のその男は、「あの店の親父なら引き受けた」と二つ返事で了解してくれた。明日の朝、防衛省に出向く頃には緑魔島の資料が届くだろう。

「海から侵入すれば船着き場から狙い撃ちされる。滑走路に強行着陸してピークへ向かった場合、途中のジャングル地帯を通過する間に戦力は半減する。高高度低空開傘（HALO）で、コテージに直接舞い降りるというわけにはいきませんか？」

「コテージの屋上にも監視はいる。それに、絶壁の真上となれば、どんな乱気流があるか解ったもんじゃない。こいつを見てみろ。斜めから撮ったやつだ。フェイスの真上はかなりきついルーフになっていて、上から下を覗き込んでも、岩場はまったく見えん、たとえサーチライトを使って登ったとしても、テラスに手を付くその瞬間まで、敵にはわれわれの存在は解らんようになっているんだ」

「でも、習志野の住人で、われわれ程度の登山技量を持つ者はほんの五人かそこいらです。装備を回収しながら登るとなると、相当ハードになりますよ。むろん戦闘技術も必要になる」

「これが役に立つさ」

　土門は、山岳仲間の住所がびっしり詰まったメモ帳を叩いて見せた。

「一二名を選抜しよう。全員レインジャーの有資格者だ。まず俺とお前。俺の中隊から、森本（もりもと）、網野（あみの）、杉山（すぎやま）、第二中隊から中川（なかがわ）、山内（やまうち）。ニセコの冬戦教（とうせんきょう）からも借りるか」

「河内（かわち）、藤原（ふじわら）さん辺りがいいでしょう。松本の山岳救助チームにもベテランがごろごろいますよ」

「いや、日本アルプスはそろそろ冬山シーズンだ。あの連中を徴用するのはまずい。

いざという時、人がいないことになる。だが、黒岩と市川は欲しいな」

岩崎はメモを取りながら「そういえば、防衛省のあの人……」と失念した名前を思い出そうとペン先で自分の額を叩いた。

「俺と同期の田沢二佐か？　あいつは駄目だ。都会暮らしでここんとこご無沙汰らしいからな。バックアップとして装備の準備に動いてもらおう。そうだ、対馬に、これぞというクモ男がいた。矢部二尉。防大ワンゲル部の出身だ。明日の朝一番の飛行機に乗れば、なんとか間に合うだろう。

電話を掛けまくってくれ。まず、最後に登ったのがいつかを尋ねろ。ひと月登ってらん奴は落選、体調のチェックも忘れるな」

空挺団長以下の幕僚スタッフが、ブーツを鳴らしながらドアを開けた。土門は五分余りで状況と作戦を説明した。

空挺団長は、若干強張った表情で聴き入り、最後に質問を発した。

「ひとつ尋ねるが、この作戦は君の趣味で行うんじゃなかろうな？」

「団長、ではお尋ねしますが、これに代わり得る作戦をご提示ください」

団長は「フン……」と頷き、幕僚長に解答を求めた。

「いえ。最小限の戦力による最大の効果、露呈回避及び最小限の犠牲というオーダーを考慮すれば、これに代替する作戦はありません。おそらくこれがベストでしょう」

「解った。作戦スタッフを総動員しよう。午前三時までに、作戦計画を提出せよ！」

「ありがとうございます」

作戦タイム、アプローチ、山岳装備品、携帯火器リスト、支援火力、作戦が失敗に帰した場合の脱出路及び代替案の立案。その他にも情報収集、登攀（とうはん）のためのルート・ファインディング作業、陸空との調整と、やることは山ほどあった。


鳴海と麗子は、パトカーで警視庁へと向かった。

「秘書みたいな役どころですまないな」

「いいえ、鳴海さんのそばにいると、いち早く情報が手に入りますから。それに、篠田という人物に興味もあります」

「君はどう思うね？」

「ちょっと計算してみたんですが、三〇人程度の傭兵を養うためには、食糧生活物資だけで、最低限月に四トンもの物資を陸揚げしなきゃなりません」

「ほう、どういう計算なんだね？」

「宇宙開発の研究過程で解ったことですが、人間が一日暮らすには、その人物の体重の三分の二が必要なんです」

「君はそんなことにも興味があるのかね」

「私が成田にいるのは、飛行機が好きだからですし、パイロットの最終目的が、宇宙に飛び出すことです。それはともかく、それだけの人間を集め、養い、組織として維持するには、最低でも月に邦貨で二千万円は必要になります。コカインが、大麻や覚醒剤と違って日本にさほど入ってこない理由は、結局採算が取れないからです。栽培地が遠すぎる。だから、船員がこそこそ数キロ単位で持ち込むしかない。

たとえば、南米からの貨物船が、緑魔島付近を通過する途中に、一〇〇キロ単位のコカインを浮き袋に入れて、待ち構える回収チームに引き取らせるような離れ業を使って、初めて儲けが出るようになります」

「そうだな。薬物の密輸密売で稼ぎ出すには、せっせと拡大経営に励むしかない」

「ところが、既存の組織暴力団は、そんなノウハウはないし、対抗組織とのチクリ合戦で、そこまで大きくなる前に警察に潰される。篠田という男は、とても頭がいいですよ。そこへ付け込んだ。しかも、商品経済学に対する高度な知識と経験がある」

桜田門の警視庁に着くと、先に帰っていた弓月が地下の取調室が並ぶフロアの一室に案内してくれた。

「進展はありましたか？」

「上のほうで、ちょっと困った問題が起こっています。例のパイパーのパイロットと、緑魔島の所有者である帝国建設を引っ張れという意見が強まっていましてね」

「そんなことをすれば、われわれが緑魔島の存在に気づいたことを敵に知らせてしまう。それは、《ブルドッグ》が出撃した後の選択です。私が説得しましょう。指揮権はこっちにある」

　弓月は内線電話で仲間の刑事を呼び出した。

「今、奴を取り調べた経験があるデカさんを呼びます。掛けてください」

　二人が粗末なパイプ椅子に掛けると、弓月は篠田に関する薄っぺらなファイルを開いた。

「資料はほとんどありませんな。都市銀行の本店に勤める父親と、テレビ局に勤める母親の裕福なインテリ家庭に生まれ育ったようです。兄弟はいません。高校に入学直後、両親が離婚しています。原因は双方の浮気のようですな。母方に引き取られましたが、大学の商学部を卒業間近で中退、渡米しています。連邦捜査局（FBI）に、彼のデータが二件ありました。いずれもカリフォルニアです。チャイニーズ・レストランでバイトしながら傭兵学校の生徒として、そしてインストラクターとして二年過ごした後、サンフランシスコのチャイニーズ・マフィアの用心棒を一年やっています。その後二年ほどカリフォルニアに留まりましたが、その時の足取りはありません。帰国後、経済事犯で三度捕まり、二度書類送検されました」

　分類番号カードが胸の下に写る写真があった。笑うでなし怒るでなし、まるで石膏（せっこう）

で固めたような無表情な顔だった。

「いわゆるピカレスクという奴ですな。彼の人生にはどことなく、悪の美学が漂っている」

頭が禿げ上がった刑事がドアを開けて入って来た。

「二課の野田警部です」

「どうも。篠田のことですな。もうお目に掛かる機会はないものと思っていたんですがね……」

「というと、更生するとか？」

「いやいや、その逆ですよ。二課にはとても手に負えんような経済事件を起こして、地検の特捜部辺りのお客になるんだろうと思っていました」

「どんな事件で送検されたんですか？」

野田は身振り手振りで示しながら話し始めた。

「初犯は、為替管理法違反でしたが、これは、本人の認識不足が招いた事件でした。その次はカード詐欺。ただ、立件できたのがたった一件でしてね、その次がまずかったんですよ。株の相対取引を巡るトラブルの刑事告発を受けて一度は逮捕したんですけれど、後がまずかった。ご承知のように、商法ってのは、いくらでも抜け穴があるザル法でしてね、検察がどうも難しいと言い出して、まあ……、ちょっとほかのこともあって放り出しました。それが結局奴を付け上がらせたんですな」

「ほかのことというのは、何でしょう？」

「いやそれがどうも、政界筋から圧力がかかりましてね。二課じゃあ、別に珍しいことじゃないんですが。ただ当時篠田はまだ二十九歳になるかどうかでしたから、この歳で政界にコネを持つってのはふてぶてしい野郎だなとは思いましたよ。金は持ってましたが、政治献金できるほどの財力があったとは思えない。そのことも不思議でしたな」

「その政治家というのは、誰ですか？」

「いや、それは解りません。たぶん永久に解らんでしょう。二課担当と言っていいぐらい有名な政治秘書さんがおりましてな、代議士先生たちのもとに、お目こぼしを求める電話が掛かって来ると、その要求は、自動的にその秘書に回されるんです。その人は、ひとりで裁判所をやっちゃうんですよ。弁護士として話を聞き、検事として罪を考え、裁判所として量刑を下す。判決文を書き上げてから二課へ電話を掛けて来る。あの時は確か、『そもそもどっちの言い分が正しいか、判断が難しい株を巡るトラブルだし、本人の年齢を考えれば、釈放すべきじゃないか』と詰め寄られましたな。その名物秘書は昨年脳卒中で亡くなりました。メモ帳の類い(たぐ)は、とっくに破棄されていますよ」

「ずいぶんとまた、よく出来た仕組みですね」

麗子が眉間（みけん）に皺を寄せて慨嘆した。

「そりゃあんた、政治家って奴らは抜け目はないよ。全議員のもとに寄せられる保釈要求を、ひとりの大物秘書が扱えば、ブタ箱に入っている奴が、いったいどの政治家に袖（そで）の下を渡しているのか解りませんからね」

「そうやって全部要求を呑むんですか？」

「まさか。われわれだって法の番人だ。猛然と反抗する時もありますよ。だから、向こうもそんな無茶な要求は出さないもんです。阿吽（あうん）の呼吸ですな」

「篠田をどんな男だと思いますか？」

「一度、尊敬する人物は誰だと尋ねたら、即座に三人の名前が返って来ました。確かこう言いましたな。

『常識に挑み、非常識をよしとした織田信長（おだのぶなが）、アンチ組織の浪人、坂本龍馬（さかもとりょうま）。平民思想を説いた中江兆民（なかえちょうみん）』

それを聞いて私は、こいつは警察なんかじゃなく、検察のお客だと思ったんですよ。エリート嫌いであり、ちょっとアナーキズムにかぶれてる。あれですな……。ほら大学に入って、マルキシズムに触れた頃の、あの罪悪感を伴（ともな）う高揚。つまり、この社会自体が、旧体制に固執する既存富裕階級の利益だけを守るために存在するのであれば、その法律を守る必要はさらさらない。あのまま無事に大学を出てりゃあ、きっといい政治家になりましたよ。親の離婚が引き金だったのか、他の理由があったのか。『正直者は、バカを見る。正直者は、ただのバカだ……』そう、悲しそうに呟いたことがありましたな。私が彼について持っている知識は、その程度のものです」

「ありがとうございます」

「いえいえ。私は、二課を総動員して、かつての事件関係者から足取りを追います。あんまり期待はできませんがね」

「よろしくお願いします」

野田警部が出て行くと、弓月は二人にお茶を注いだ。

「なかなか弁の立つ男でしょう。四課や一課じゃ、ああはいきませんがね。何しろ、世界一金儲けに熱心な町で、世界一経済事犯に寛容な法律を使って犯罪者と渡り合うんですから、あの程度の才能の持ち主でさえ苦労するんですよ」

「篠田が尊敬する人物ですけれど、《ブルドッグ》のクルーに訊いたら、一〇人が一〇人ともあの三人の名前を上げるんじゃないかしら。とりわけ飛鳥さんなんか、そっくり同じ形容を付けますよ」

「それは言えているな。だが、手強い相手だ。奴は、かつて自分が属し、その自分の家庭を崩壊させた階級の人間たちを誘拐した。たぶん、殺人に良心の呵責は抱かないだろう」

「もし、今でも政治家たちとつき合いがあるとしたら……」

「いやいや、いかに阿漕な連中でも、殺人犯を擁護することはしませんよ」

と弓月。

「だけど、その政治家が、篠田がコカインを扱って人質誘拐事件を起こした凶悪犯だということを知らなかったらどうします？　こっちの情報は筒抜けになります」

「うん、その危険はある。ますます政治家を巻き込むわけにはいかなくなったな」

弓月はお茶を飲み干すと、防音マジックミラーのカーテンを開けた。ミラーの向こうで、看守が見張る中、手錠を嵌められた男がうたた寝していた。

「長沢俊雄。密告者です」

「いつ逮捕したんです？」

「そうじゃありません。篠田を警察が取り逃がしたことを新聞で知って、自首して来たんですよ。篠田は奴がタレ込んだことに遅かれ早かれ気づく。ただじゃすまないでしょう。そういう意味で、刑務所は安全な所ですからね」

「裏切った動機は何ですか？」

「女ですよ。奴の女房を篠田が札束でひっぱたいたって話です。どうも女って奴は、金や家って代物に出会うと、途端に貞操を失うようですな」

「きょうび資本は女を口説く最大の武器だからな」

「あら、株や土地を転がして金儲けに血眼（ちまなこ）になっているのは、男性の方でしてよ」

「話しますか？」

「うん」

いったん廊下へ出て、取調室のドアをノックすると、中から鍵が開けられた。もちろん、外側からも施錠してあった。物音に気づいた被疑者は、女に若干の興味を示すと、また瞳を閉じてうたた寝を始めた。

弓月が正面のパイプ椅子に腰を下ろしてノートを開き「起きろ」と机の下で足を蹴った。

「何時だと思ってんだよ……。留置場には人権はねぇのか？」

「もちろんあるさ。ことと次第によっちゃあ、お前が望むとおりの罪状で、待遇のいい刑務所に入れてやってもいいんだぞ」

「そんなことより、篠田を逮捕して俺は娑婆（しゃば）へ帰るってのがいいな」

「お前さんの協力次第だな。奴は隠れ家をどのくらい持っているんだ？」

「知ってりゃあ、全部話しているさ。俺の首が懸（か）かっているんだからな」

「まあ、そりゃそうだがな」

「あなたの奥さんは、彼の隠れ家をご存じじゃなくて？」

後ろから麗子が尋問に加わった。特別審理官として、取調べは手慣れたものだった。

「きついことを言うね。二人がどこで寝てたかは知らん」

「女房はどこにいる？　マンションの家宅捜索時にはいなかったそうじゃないか」

「叩き出してやった。この次会う時は、殺してやると言ってな」

「貴男が、奥さんが裏切っていることに気づいたのはいつのこと？」

「一週間前かな。マンションの下まで、篠田がシトロエンで女房を送って来た。俺はその頃、取引先と商談を進めているはずだった。向こうに金がなくて商談は潰れたがね。一時間も経たないうちに一一〇番してやったよ」

「じゃあ、思い出しなさい。奥さんが、新しい宝石を身に付けるようになったとか、貴男が知らない服やアクセサリーが化粧箱の中にあったとか」

「そうだな……」

被疑者は二、三分瞑目して考えた。

「ふた月ばかり前、元町のブティックの包装紙のワンピースを買って帰ったことがあった」

「横浜の元町かね？　店の名前は？」

「名前は知らん。商売相手の組長が、その店で買物する。包装紙が洒落てたんで、覚えていたんだ」

「どこの組だ？」

「榊原組だよ。旦那は今ムショ暮らしだ。女房に、『いい包装紙だな』って言ったら、あいつは自由が丘の店だとぬかしやがった。そん時は、チェーン店か何かだろうと思ったが。クソ……」

「いい取っ掛かりね。もし、その手のいかがわしい客相手の高級ショップなら、宅配もやるでしょう。隠れ家から他の女の部屋まで住所録があるかもしれないわ。その調子で思い出して頂戴。ところで、篠田というのはどんな男なの？」

「無慈悲な男だよ。とりわけ女に対しては。この世で一番許せないことは、裏切りだ。とりわけ、女の裏切りに対しては、死をもって復讐する。それで捕まったことはないって話だな。それが奴の哲学だ」

三人は廊下へ出た。

「私は、もうしばらくこいつにつき合ってみます。ブティックの線は至急洗いましょう」

「すまないが、一課辺りの人員を割いて、篠田の学生時代を洗ってくれないか。とりわけ、彼が卒業間近で大学を中退したわけを知りたい」

「解りました」

二人は、弓月を残してパトカーに乗り込み、飯倉公館へと急いだ。

3章　緑魔島制圧作戦

ハンガーの天井から吊り下げられたいくつもの投光器が、《ブルドッグ》に取り付く男たちから影を奪っていた。両翼の下には、射程五〇〇〇メートルの『スティンガー』空対空ミサイルのポッドと、赤外線フレア・ポッドがディスペンサーに装着されていた。その翼の真下に持ち出された畳三畳ほどのテーブルには、白紙が広げられ、飛鳥が極太のマジックでクルーを前にタイムテーブルを示していた。

「何事も作戦が総てだ。幸い、これは国内のミッションだ。航続距離や燃料を心配する必要はない。天気は穏やかそのもの。作戦の周辺障害は皆無だ。

第一にパレット装備。こいつは、出撃直前まで確定しない。離陸重量はぎりぎりまで解らんが、まあ我慢しよう。

第二に情報収集。RF―4E『ファントム』が撮影した写真を元に、製図班が緑魔島の凹凸精密モデルを作成中だ。出来上がるのは、早朝になる。

第三、それをもとに攻撃パターンを練る。敵勢力は、一個小隊、ただし重武装。全員アーマーベストを装着しての搭乗になる。出撃はオンリー・ワン。銃砲弾の補給はなし。出撃は、明日の午後六時以降。まあ、それより早まる可能性はほとんどないが皆無ではないと考えてくれ。俺たちの訓練は仕上げ段階にあった。装備のチェックが済んだ者は、各自休息を取ってよろしい。遺書を書きたい者は書いておけ。基地外への連絡事項等は、庶務立ち会いの下で電話使用が許可される。次の作戦会議は、午前六時とする。質問はないか？……。よし解散！」

　シャッターが密閉されているため、ハンガー内には油や航空燃料の気化ガスの臭いがこもっていた。飛鳥はマジックを投げ出すと、精力ドリンク剤の小瓶を開けた。飛び立つまで、たぶん一〇本は開けることになるだろう。副操縦士の駿河は、ナビゲーション・コンピュータのカードを電子手帳に入れて、コースと戦闘時間をいく通りか組み合わせた燃料消費率を計算していた。

「問題はないな？」

「帰投不可能点の算出も必要なし。でも、気流が心配ですね。西の絶壁のせいで、相当に煽られるでしょう。下からどんな攻撃があるかも解らない。ヘリの離陸を許したらやっかいですよ。何もかもが未知数です。本土付近だからと安心はできない」

「俺は佐竹さんが、お前をコーパイに付けた意味が解ったような気がするよ。慎重居士のお前さんを付けて俺が暴走するのを防ごうというわけだ」

「臆病な男と飛ぶのは厭ですか？」

「まさか。慎重ということと、臆病ということは違う。ウェザーも調べんでフライトプランもなしで滑走路に乗る奴はただのバカだ。お前と俺とはバランスインしているんだよ」

　飛鳥はドリンク剤をくわえたまま、《ブルドッグ》の鼻先を見詰めた。明日の今頃は、間違いなくあのコクピットで悪戦苦闘のさなかだろう。こいつが棺桶になるか、守護神になるかは、クルー全員の働き次第だ。俺ひとり頑張ってもどうなるものではないし、逆に俺がへまをしでかした時には、間違いなくサポートしてくれる奴らがいる。

「こいつは頼りになる。俺たちはならず者だが、じゃじゃ馬馴らしとしちゃあ最高の腕の持ち主だ。俺たちはここからフル装備で出撃し、たぶんあさっての朝には、ひと皮剝けてまたこのマイホームに帰還しているさ。なあ小西、俺と賭けねぇか？」

　呼びかけられた小西曹長は、翼の真上で、第二エンジンのカバーを開いて首を突っ込んでいた。

「何をですか？　テロリストを何人殺すかですか？」

「無事に帰って来るまで何発喰らうかさ」

「いいですねぇ。対空ミサイルを喰らった場合は、その穴がどんなに大きかろうとひとつに数える。このハンガーに収まってから、皆んなで数えましょう。俺は一〇〇以上と計算します」

「そんなに喰らうことはないだろう？」

「いくら飛鳥さんの腕がよくても、こいつは剃刀(かみそり)で殺(そ)ぎ落としたようなスマートな戦闘機とは違う。空飛ぶ北京(ペキン)ダックですよ。それこそいい鴨になる」

「そんなに喰らって飛んでいられるもんかね？」

「大丈夫。コクピット周(まわ)りはチタン装甲が施されているから計器とパイロットは安全そのものだし、理論上、エンジンカバーと燃料タンクは一二・七ミリ機銃の直撃に耐えられるようになっています。キャビンは障子(しょうじ)を破るみたいに蜂の巣になりますがね。クルーは自分のボディ・アーマーで防ぐしかない」

「そうなると、確率的には人間が喰らう可能性もありだな」

「殺しても死なんような奴らが乗るんです。その安全は保証しますよ」

ドリンク剤を飲み干すと、飛鳥は広げられたチャートの緑魔島に、その空き瓶を置いた。実戦が訓練どおりいかないことは、誰より飛鳥自身が認識していた。目標は、じっとしていてくれるわけじゃない。連中は敵意を抱き、空気の皮膜の微妙なバランスを捉えて飛ぶ鈍重な《ブルドッグ》を撃墜しようと待ち構えている。人が空を飛ぶこと自体、すでに神の摂理に反している。だが、無謀さは、限りなく度を越すところに美学がある。それが、パイロットとしての飛鳥の哲学だった。

内線電話が鳴り、駿河が受話器を取った。

「司令部からです。エリント機の分析結果が届いたそうです」

「よし、センサー・オペレーターの間島に司令部へ顔を出すよう伝えてくれ。俺も行ってくる」

ハンガーのサイドにあるドアを開くと、冷たい風がエプロンを吹いていた。秋が足早に通り過ぎ、冬が近づこうとしていた。

「この季節の海水浴はご免だな……」

飛鳥はそう呟きながら、バイクのエンジン・キーを回した。

領事作戦部に帰った麗子と鳴海は、佐竹の口から、『Xバンドレーダー』という聞き馴れない専門用語を聞かされていた。

「歩巳さんはご存じかもしれんが、通常使用される航空レーダーは、Cバンドと呼ばれる周波数帯のものです。こいつは、一定の強度、大きさのものしか映し出さないようになっています。具体的に言うと、雲や鳥は映さない。一般には飛行機しか映さないため、オペレーターのルーチンワークが大幅に軽減された。ところが、この写真にあるレーダーの周波数は、今夜飛んだエリント機の電波傍受によると、Xバンドと呼ばれる特殊なものだそうです。以前は、渡り鳥の観測や気象観測に利用されるだけでしたが、近年、ステルス——見えない戦闘機や爆撃機を発見するレーダーとして軍事的に見直されている代物でもあります。要するに、これがあると、飛行機はもちろんのこと、パラシュートで降下するたったひとりの人間をも映し出してしまいます。とてもやっかいなレーダーです。船着き場には、たぶんコカインを回収するためのものでしょうな、一〇メートル級のクルーザーが接舷していますが、これも優秀なドップラー・レーダーを装備している」

「死角はないんですか？」

佐竹は、Xバンドレーダーが設置されたコテージの写真を取り出した。

「コテージは、断崖絶壁から二〇メートル離れた所に立っています。レーダーの高度は、地表からおよそ二〇メートル。つまり、この壁に対して四十五度の下反角の範囲内、波打ち際から沖へ一〇〇メートルは死角になります。だから、もしクライミング班を潜水艦で送り込むのであれば、フネを、崖から一〇〇メートル以内に浮上させなければならない。それも、あくまでレーダーに対してであって、ヘリコプターや、崖から監視する人間の肉眼から逃れるわけじゃない。情報が蓄積されるごとに、敵の兵力が大きくなっていく。率直なところ、いい傾向とはいえませんな」

「まあ、これで空挺作戦が不可能なことははっきりしたわけだ」

「すいません」

海上保安庁の相米が割って入った。

「緑魔島から七〇キロ北西にいる巡視船のレーダーが、三〇ノットで南下するクルーザーを捕捉しました。止めますか？」

「駄目だ。たぶん、人質を乗せているんだろうが、全部じゃない。東京に残して明日処刑する二人と分けたはずだ。クルーザーに乗っている敵は、その場で人質を殺して、逮捕されればいい。東京に残った奴らが、また無差別に市民を誘拐して人質交換を名乗り出るだけだ。一網打尽にするしかあるまい。不審を招かぬよう尾行させてくれ」

「明日、太陽が落ちてから《ブルドッグ》を八丈島まで前進させましょう。もしクライミング班が取り付くのに失敗したら、援護に出します」

「それがいいだろう。肝要なことは、われわれがまだ緑魔島の存在に気づいていないと装うことだ。今夜は、ここまでかな。あとは、警察の活躍を祈って、われわれは仮眠を取らせてもらおう。習志野から作戦の詳細が届くまで二、三時間はある。仮眠室はないが、ここは各国外交官をもてなすための豪華なソファがある。皆んなそこいらに横になってくれ」

　鳴海は率先してネクタイをほどいた。

「どうした⁉　先は長いんだ。休め休め！」

　写真や地図が一センチほどの厚みで埋めたテーブルを囲むスタッフらは、力ない失笑を漏らした。

　だが、緑魔島には、空自の電子偵察機が捉えられなかった警戒システムが多々あっラ撒かれていた。

た。赤外線パッシブ・レーダーはもとより、船着き場周辺には、対人センサーまでバ

府中刑務所に服役中の暴力団組長を刑務官が起こすのに一〇分を要した。さらに、あれこれと待遇を取引しながら、組長ご用達の元町のブティックの名前を聞き出すまでに三〇分を要した。雑居ビルに夜間のガードマンはおらず、警備会社からビルのオーナーの電話番号を聞き出し、オーナー宅へパトカーが駆け付け、テナントであるブティック《サーガ》の経営者宅の住所と電話番号を聞き出すまでさらに一時間を要した。

結局、弓月警部が横浜市緑区のブティック経営者宅へ覆面パトカーで乗り付けたのは、午前三時近くになっていた。ここに辿り着くまで、警視庁、神奈川県警は、結局三〇名の捜査員と五台の覆面パトカーを動員していたが、もし手掛かりがつかめれば、その倍の人員が投入されることになっていた。

「アパレルってのは、儲かるんでしょうな」

弓月の部下が二階建ての瀟洒な住宅を見上げながら溜息を漏らした。

「ヤクザ相手に商売して儲けた金だぞ。羨む気にはなれんな」

しつこくベルを鳴らしてから相手が出るまで五分、警察を名乗ってからドアが開か

れるまで、さらに五分かかった。ラメ入りのローブを羽織った男は、ゴルフ焼けした顔に不快な表情を浮かべて二人の捜査官を六畳はある玄関に招き入れた。

「坂本暁巳さんでいらっしゃいますね。夜分にご迷惑をお掛けします。申し訳ないんですが、顧客名簿のようなものがあれば、拝見させて戴きたいのですが……」

「うちは客商売ですよ」

男は弓月の警察手帳を見詰めながら答えた。「そんなものを急に見せろといわれても、お客様のプライバシーに関わることですからね」

「ある誘拐事件の捜査です。犯人の名前は篠田美徳。ご存じのはずですが……。どうも、貴方の顧客には、暴力団関係者の名前が多いようですな」

「私の商売に必要なのは、金のない女子大生じゃなく、金離れのいい連中です。客のプライバシーは詮索しないんでね。明日でなんとかなりませんか？　帳簿類は店のほうです」

「では、支度してください。これから元町までパトカーでお送りします」

男は苛ついて舌を鳴らした。

「ちょっと待ってください。何を出せばいいのか解りませんが、手持ちの帳簿を出します」

「荷送りの住所録があれば、われわれは助かるんですがね」

「解りました」

男は、何事かを吐き捨てながら廊下の奥へと消えて行った。

「まだ三十代半ばに見えますがね」

「アパレルは歳を喰ってちゃやっていけんのさ。デカでよかったじゃないか」

出された帳簿には、弓月が過去にパクった暴力団の幹部連中の名前がずらりと並んでいた。

「なかなか豪勢な名前が並んでいるじゃないですか。あんたまさか、アパレル以外の商売はしとらんでしょうな。たとえば、薬物を売り買いするとか」

弓月のしゃべり方はだんだんと横柄になっていった。

「あいにく僕はファッションしか興味がないんでね」

「あんた、宅配とか使って、篠田の女に服を届けたことがあるだろう？　そん時の伝票があれば助かるんだが」

「どれが篠田さんの荷物か、覚えているわけないでしょう？」

「そんなはずはないだろう。何しろ客商売だ。毎月一〇万円単位で買い物してくれる大口客の、愛人宅の住所を忘れるわけがない。それともあんたは、篠田から注文がある度、いちいち女の住所を尋ねてたのかい？」

「解った。住所録の、頭にＹＳのイニシャルがある女が篠田の愛人だ。宅配で荷物を届けたのは三人だけだ。ここ一年続いている。住所は知らんが、浮気らしい女を連れて来ることもあった」

「こいつもその一人だろう？」

弓月はポケットから長沢俊雄の妻の写真を取り出した。

「いたような気がする」

「一人じゃないのか？」

「女子大生を連れて現われたことがある」

「名前は？　なになに子ちゃん、これが似合うよ。そういう会話があったはずだ」

男は帳簿のページを繰った。

「名前はエミコ。どういう字かは解らない。身長は一六〇センチ以下。サイズは九号。色黒だったな」

「この最初に出て来る、鴨良江（かもよしえ）は、ここ半年プレゼントがないな……」

「そういうのは、刑事さん。われわれの経験からすると、お払い箱になったってことですよ。何度か、店に電話を掛けて来たことがありましたね。女が出来たんじゃないかって」

「執念深い性格なんだな。水商売か……」

「よし、帳簿類はしばらく預かる。これだけ儲けりゃ充分だろう。これからは、客を選ぶんだな」

「そうしますよ」

弓月は覆面パトカーの後部座席で、篠田の愛人の名前と住所を手帳に書き取った。

「この帳簿は、他でも使い道がありそうですね」

「この女どもの半分はたぶん薬物使用者だ。逮捕件数向上月間に使わせてもらおう」

「三人か、あるいは女子大生の家の、どれかにいると思いますか？」

「いや、人質を抱えているんだ。よほどデカい一戸建て住宅ならともかく、マンションやアパートの類じゃない。だが、男ってのは、ビジネス・フレンドには漏らさんようなことを女にはうっかり喋るもんだ。糸口をつかめる可能性はある。とにかく、奴に関する情報が増えただけでも収穫だ」

「ワルには違いないんでしょうが、それにしても、この若さでよくやりますね」

弓月はメモ帳をパタンと閉じて、思案ありげに首を傾げた。

「俺はなぁ、ヤクザとつき合うようになって、ワルには二種類あると思うようになった。ひとつは、根っからのワルって奴で、ヤクザのほとんどがこれだ。環境や出生が影響する。刑務所と娑婆の往復で人生が終わるが、たいした事件は起こしはしない。現行刑法じゃ、人は一生に最低でも三人は殺せる計算が成り立つが、そいつらはせいぜい抗争事件で二人殺すかどうかだ。ところが、酒もタバコもやらんような真面目人間が、何かの引き金があって人格が破壊され、ワルに変貌することがある。そいつらにとって、犯罪は、社会への復讐だ。滅多に法の網に掛からんし、その犯罪のスケールは俺たちの想像を絶する。篠田って男は、たぶん後者だよ」

「親の離婚がその引き金ですか？」

「どうかな。奴はその後もエスカレーターで大学へ進んでいるが、卒業直前で中退し、渡米した。どうもそこいらへんに原因があるような気がする。どうやら、俺が自分で当たる必要がありそうだ」

「どこから行きますか。それとも三人の愛人を同時に急襲しますか？」

「いや、昔の女からだ。あとの二人は、至急監視班を付けろ。夜が明けるまでは、三人とも片付けたいな。それから、奴がいた年の大学の卒業生名簿」

「了解」

　パトカーが深夜の住宅街を静かに発進すると、弓月は疲れた表情で、欠伸（あくび）をした。明日、娘が修学旅行に出発することを思い出した。四十歳間際で恵まれた一人っ子だった。甘やかし過ぎたような気がしないでもない。友だちとはいえ、他人と暮らす術（すべ）を知ってりゃあいいが……。娘の寝顔を思い浮かべながら、弓月は睡魔に襲われて瞳を閉じた。

習志野第一空挺団第一中隊隊長の土門二佐は、作戦案を持って、習志野から早朝の湾岸道路をパトカーですっ飛ばして、飯倉公館に到着した。色白の背広の集団の中では、真っ黒に日焼けした土門の登場は、それだけで百戦錬磨の戦闘のプロを思わせた。会議室に集まった主要メンバーは、それぞれラフなスタイルで眠気覚ましのコーヒーを飲みながら、メモを取って土門のブリーフィングに聴き入った。

事件発生からすでに一二時間を経過し、最初のタイムリミットまであと半日を残すのみだった。

「コピーをご覧ください。念のため、それはこの建物から門外不出に願います。

作戦――。目的、敵制圧。ただし戦力を減殺し、可能な限り捕虜とする。及び人質救出。優先目的、人質救出。

一、獲得情報並びに情報収集。敵勢力、重武装の一個小隊、主に歩兵。軽度の海空の支援火力あり。敵練度、傭兵からなるプロ集団、最新装備。コテージの間取りについては、午前中に設計図が都庁から入手されます。

二、作戦参加主要兵力。一個戦闘班一二名、いずれもレインジャー有資格、クライミング技量あり。予備兵力、習志野第一空挺団二個小隊、六〇名。

三、支援作戦参加兵力。『きり』クラス護衛艦一隻、救出ヘリコプターのプラットホームとして利用。『ゆうしお』クラス潜水艦一隻、クライミング班の上陸用として利用。電子戦支援機一機。そして『スペクター』、囮（おとり）及び敵勢力制圧用として利用。

四、個人携帯品。登山装備が各自一〇キロ。八九式空挺小銃、携行弾薬二〇発入りマガジン五本。対人手榴弾二個、閃光手榴弾一個、Ｃ４プラスチック爆弾二カートン。ナイト・ビジョン・ゴーグル。医薬品。食糧はなし、エネルギー補完飲料を二五〇ミリリットル。個人無線機。総重量は二〇キロ。

五、作戦タイム。ピークまでの登攀に五時間。制圧に一五分。制圧救出後、ヘリコプターにより脱出。作戦終了タイム〇二・三〇時。

六、登攀作戦が露呈もしくは擱座（かくざ）した場合の代替作戦。一案、『ハーキュリーズ』による空挺降下作戦。この場合電子戦支援機がＸバンドレーダーに電子妨害を加えます。二案、二機のヘリコプターに分乗してのヘリボーン作戦。作戦開始は、一八・一五時。登攀終了は二三・〇〇時。作戦総参加兵は一二〇〇名。このうち、作戦の主目的を知らされるのは、二〇〇名ほどになります。

　以上、質問があればどうぞ」

「二〇キロもの荷物を背負ってロッククライミングするなんて、可能なのかね？」

「不可能ではありません。ただし、夜間の登攀になりますので、二〇メートル置きに集積所を設け、荷物は別途ロープで引き上げます」

「トンカチか何かでくぎ（ハーケン）を打つんだろう？　上のテロリストに音が聞こえるんじゃな

いのか？」

土門は、予想どおりの質問に、ダッフル地のバッグの中から登山用具を取り出して見せた。

「現代の登山は、山を傷つけずに登るよう技術革新が進みました。ここにある台形状の鉄の固まりは、ストッパーと呼ばれる物で、軽くするため、中は中空になっています。鉄筋のハーネス付きです、こいつを岩の亀裂に引っ掛けると、台形ですから、逆方向にしか抜けなくなります。もう一方は、フレンズですが、こちらは、中に仕込まれたバネを開閉することによって亀裂（クラック）、つまり岩の裂（さ）け目ですが、そこに柔軟に対応できるようになっています。岩場には、自然崩壊による無数のクラックが走っています。その亀裂に、このストッパーやフレンズを固定して、それにハーネスやロープを確保しながら登っていく。このたった一個で、数百キロの荷重に耐えられます。もちろん、こいつを数百個持ち歩くわけにはいきませんから、回収しながら登ることになります」

「墜落の危険はないのか？」

「ロープを確保しながら登りますが、一度手を滑らせれば、一〇メートルかそこいらを真（ま）っ逆（さか）さまです。もしストッパーやフレンズが外れたら、滑落者はひとりではすまなくなります。まあしかし、滑落の危険は織り込みずみです」

「とは言っても、銃や爆弾を抱えて登るんだろう？」

「皆さん。山登りは私の趣味ではありますが、われわれ自衛隊は、警備会社とは違うんです。一見無謀と思われることを技術のひとつとして体得しなきゃならん。普段はあれより厳しい条件下で訓練しています。大丈夫ですよ」

「ここは専門家に任せるしかあるまい。出撃は何時頃の予定だね？」

「午前中は山岳装備の準備に費やします。午後二時、対馬から参加する最後の男が羽田に到着後、ヘリコプターで、まず、緑魔島の西方一〇〇キロ地点にいる護衛艦に飛び、そこで潜水艦に乗り移ります。それが、午後三時の予定です。潜水艦は、最初の二時間をシュノーケル航行し、最後の一時間、これは日没後になりますが、潜航して緑魔島に接近。午後六時。浮上してわれわれを放出します。潜水艦はすでに横須賀を出港しました。護衛艦も日の出とともに出港する予定です」

「官邸へは、空挺作戦ということで上申する」

「何か問題でも？」

「虫の好かん男がいる。情報漏れが心配だ」

「夜が明けるわ……」

分厚いカーテンの隙間から、白み始めた外界が覗いていた。

「他に質問は？」

会議室の後ろに、恩師のファイルノートを持つ岩崎曹長と、内局勤務の田沢二佐が現われた。

「私のほうからは以上です」

土門は長机の間を縫って二人を出迎えた。

「ひどいじゃないか、俺をパージしやがって」

田沢は、自分がコマンドに加えられなかったことをまず抗議した。

「最後に登ったのは、いつだ。手を見せてみろ？　白魚（しらうお）とは言わんまでも、そういうまっさらな手じゃやな」

三人は、テーブルを囲んで『緑魔島フェイス』とタイトルされた恩師のファイルを開いた。

「さて、鬼が出るか蛇が出るか……」

挟み込まれた十数枚のキャビネサイズの写真の上に、透（す）かし地図が載せられていた。

土門の表情が思わず綻（ほころ）んだ。

「これだよなぁ、オンサイトで登る魅力ってのは」

その断崖は、下部に波風にさらされてごつごつしたフェイスが続いていたが、中ほどはのっぺりとしたスラブが続き、頂上付近は、まるで帽子の庇（ひさし）のようなオーバーハングになっていた。

「フェイスからスラブまで何でもありって奴だな」

「下のフェイスはともかく、スラブとオーバーハングはやっかいですよ」

「見ろ。このスラブには、二本の長い亀裂(フィンガージャム)がある」

　白黒写真に、長さ三〇メートルほどの真っすぐな二本の長い亀裂が走っていた。ここにフレンズを押し込んでビレイを取れば、登りそのものは単調なはずだった。

「問題は最後の被り(かぶ)だな。被り(ハング)の真下で南へ二〇メートルばかり横移動(トラバース)しよう。そこで被りを越えれば、監視に見つからずに林の中へ入れる。コテージまで二〇メートル。サイレンサーで屋上の兵士を狙撃して突入する」

「それだと、時間を余分に見込んだほうがいいですね」

「そうだな。一時間は余計に見ておいたほうがいいだろう」

「俺は何をすればいい？」

「カラビナやフレンズは使い慣れた物を各自が持参すればいいが、ロープだけは新品を使いたい。一一ミリの四五メートルを六本、三〇メートルを四本、二〇メートルを四本。それぞれ色違いで頼む。それから、ロープを収納する水密ケース。滑り止めチョークを二キロ。あとは、各自のリクエストに応(こた)えて準備してくれ」

「このスラブには、ボルトが打ってありますね」

「よし、岩崎。朝飯でも喰いながらルート・ファインディングだ。……このボルトは使えんよ。お前がようやっと中学に上がった頃のやつだぞ。形が残っているかすら怪しいもんだ」

太陽が昇る頃、二人のクライマーは、幕の内を食べながら喧々囂々の議論を重ね、海面のテラスから頂上に至る登攀ルートを脳裏にイメージとして築き上げた。そして街が目覚め始める頃、遅い眠りについた。

始発電車が動き始めるほんの少し前、弓月は、大宮にいた。彼が辿り着こうとしている篠田の愛人は、僅か半年に二度も引っ越ししていた。マンションではなく、アパートだった。郵便箱に名札はなく、付近は朝刊が配られた後だったが、その部屋に新聞はなかった。

「金づるを失って、埼玉まで落ち延びたんでしょうな。こういう生活を目の当たりにすると、女が土地付きの男に固執するのも解るような気がしますね」

「そんなのは、ただのわがままだよ。どう逆立ちしたって自分は家なんか建てられやしないのに、男は家があって当然だと考える。女の身勝手ってもんだ」

チャイムを押したが、電池が切れているのか反応がなかった。やむなくドアを叩いて二分ばかり待った。覗き穴に警察手帳をかざすと、ドアが音もなく開いた。

化粧を落としたスリップ姿の女が、裸電球の下に突っ立っていた。頬の辺りがむくみ、たぶん寝入りばなを起こされたのだろう。瞳も赤っぽかった。歳はまだ三十間際のはずだったが、一見したところでは、四十歳ぐらいに見えた。人生に疲れた女の顔だった。玄関には、潰れたパンプスが乱雑に脱ぎ捨ててあった。男の気配はなかった。

「鴨良江さんですね。ちょっと、篠田さんのことでお伺いしたいんですが……」

「女にでも殺された？……」

「いえ、どちらかというと加害者でしてね」

「あんな男は、一生刑務所に入ればいいのよ」

「立ち回り先とか、ご存じありませんか？」

「女ならいっぱいいたわよ。田園調布(でんえんちょうふ)住(ず)まいの有閑マダムから、女子大生に至るまで」

弓月は二人の愛人の名前と住所を示した。

「そう、これが新しい女なの。上のほうは知っているわ。私、興信所を使って調べさせたから」

「エミコっていう女子大生をご存じありませんか？」

「ああ中原(なかはら)絵美子。年齢二十一歳。港区の田町(たまち)のメゾンハイム七〇五号」

「間違いありませんか？」

「自分で張り込んだのよ」

「お休みのところ申し訳ないんですが、警視庁へご同行願えませんか。もっと詳しくお伺いしたいので」

「ええ。あいつを苦しめるためなら、何だってするわよ。身支度するからちょっと待って頂戴」

二人はドアを閉め、覆面パトカーに帰った。

「たぶん、結婚するつもりだったんでしょうね」

「まあ、人生ってのは思うようにはいかんもんさ。ああやって、女や男に裏切られて人生が狂った連中が犯罪に走るんだよ。まったくいやになる……」


午前七時半。閣議前の首相官邸に、鳴海は大泉警視総監とともに、報告に赴いた。やはり黒田議員が同席していた。警視総監は、捜査の進捗状況を微に入り細をうがって報告した。その情報の中には、愛人宅のローラー作戦まで含まれていた。

鳴海は、空挺作戦による奇襲攻撃を上申した。攻撃開始は、テロリストの疲労がピークに達する深夜二時。うまくゆけば、寝込みを襲えると進言したが、もちろん、Xバンドレーダーや、クライミング班の存在については触れなかった。

「あそこまで言う必要があったんですかね？」

赤絨毯を降りながら、鳴海は警視総監にやんわりと苦言を呈した。

「捜査にたいした進展はないなんて報告するわけにもいかんでしょう。貴方がたは、ただ襲って奪還すればいい。敵の場所も解っている。こっちは、その不明なアジトを追っているんですからね。私は、いい感触のような気がします。少なくとも、過去一二時間に、篠田のプライバシーの相当部分を暴いた。われわれは押してますよ。夕方までに、土俵際に追い詰められりゃあいいが。しかし、貴方は黒田議員を毛嫌いしてらっしゃるようだが、何かあったんですか」

「いや、なんとなくですよ」

そうじゃなかった。ニューヨーク赴任中、黒田議員のドラ息子がコカインの不法所持で市警察に逮捕されたことがあった。鳴海はその時、本省命令で、市当局と交渉し、事件を揉み消して息子を空港まで送る役目を背負わされたのだった。

「今日の夕刊全紙の尋ね人欄に、広告が載ります。《ブロウ・チャーリー。了解した。345局の、下四桁は君の生年月日の電話番号にて連絡されたし》」

「奴は、夕方までに、受け渡しを指定して来ますよ」

「それを引き延ばすのはわれわれの務めだ。まあ、正直に言うと、夕方の処刑は避けられないだろうな。ひょっとしたら、もう殺しているかもしれん」

「とにかく、今後黒田議員の前では慎重に願います」

こうなっては、黒田の息子の居場所を押さえておく必要がありそうな気がした。

田町にある中原絵美子のマンションは、オートロックの高級マンションだった。弓月は管理人に共同玄関の鍵を開けさせ、七階の部屋まで、内張りされたエレベーターで上がった。

出て来たのは、パンツ一枚の学生とおぼしき男だった。警察手帳を見て、一瞬後ずさった。

「絵美子さんはいるね？　ちょっと話を聞きたいんだ」

男が部屋の奥へ引っ込むと、罵り合う声が聞こえた。

「ここいくらですかね？……」

「見なかったのか、お前。一階が不動産屋になっている。２ＬＤＫで月三十万円だそうだ。俺たちの基本給が飛んでいくよ」

女はパジャマを引っ掛け、肩にバスタオルを掛けていた。もう八時を回っていたが、まだ寝ていたようだった。

「お休みのところ申し訳ありませんが、じつは篠田さんについてお伺いしたいんですが。彼、誘拐殺人で指名手配されてましてね。住所録に貴方の名前がありました。この部屋代を払っているのも確か彼でしたね」

心苦しいが、こういう連中は脅すに限る。後ろで男が「親父が土地持ちだって話じゃ!?……」と呻いた。

「黙ってて！　あたしのことを愛してくれているからよ。どうってことないじゃないですか」

「麻薬を売って儲けた金です。そういう言い方はやめたほうがいい。でなければ、あんたも、薬物検査しなきゃならん。警察は、彼のアジトを探しているんだ。ちょっと上がらせてもらうよ」

弓月は相手の返事も聞かずに靴を脱いで上がり込み、採光のいいキッチンのテーブルの椅子を引いて腰を下ろし、相手を不快にさせるため、わざとタバコに火を点けた。

「彼と知り合ったのはいつのことだね？」

「一年前です」

「他にも女がいることは知っているね？」

「たぶん、私が一番若いし、一番お熱を上げていたはずよ」

「デートの頻度や場所は？」

「週いち、いつも週末。この部屋や、デートはだいたい横浜だったわ」

女の台詞は、もう過去形に変わってしまった。

「一回のセックスにつき六、七万円、プラス・アルファ。学生アルバイトとしては破格だな。だがあんたは学生だし、向こうはヤクザだ――」

「ヤクザだなんて知らなかったわよ」

「ともかく、なんで週末なんだね？　街も込むだろうに」

「あの男性は、人込みに憧れるのよ。孤独癖の持ち主だから」

「一年となると君らは都合四十何回セックスをしたわけだな。奴は君に、何の仕事をしていると言ったんだね？」

「不動産や貿易。デートの途中で、彼の倉庫を通り掛かったことがあったわ」

「倉庫？　どこのだね？」

「横浜です。住所までは解らないわ。あたしは地理感覚ないし、通ったのは夜だったから、彼が、通り掛かりで、『その倉庫は俺のものだ』って、何が入ってるのって尋ねたら、『金の成る木だ』って」

「支度しなさい。警視庁へ行って、その倉庫の在りかを思い出してもらおう」

弓月は臍を噛んだ。

クソ！……。奴の事務所にあった帳簿類や契約書には倉庫なんてどこにも出て来やしなかった。何の倉庫なんだ？

「あのう……。俺そろそろ学校なんですけれど、行っていいですか？」

「とっとと失せろ！」

思考を邪魔されて、弓月は思わず怒鳴った。

「それからお嬢さん。そろそろ月末だ。来月の入金はないんだから、早目に安アパートでも見つけなさい。学生相応のね」

女は、とうとう涙をこぼした。

部下が辟易した表情で、溜息をついた。

「半日もデカをやりゃあ、世間がいやになる。誰も信じられなくなるもんさ」

「はったりかもしれませんよ。デートの最中で、あれもこれも俺のもんだって言いふらす男は結構いますからね」

「いや。篠田に限ってホラは吹かんよ。倉庫は実在する。奴の帳簿にそれがなかったってことは、誰かから帳簿外でリースしたか、後ろ暗い品を持ち込むためのアジトだろう。そこに囚われている可能性は大きいと思う。

お前は本庁へ帰って、横浜の倉庫街の鳥瞰ビデオを娘に見せろ。市街地図と参照しながらな」

「警部は？」

「二課の野田さんが、大学の卒業名簿を手に入れた。名簿におもしろい名前を見つけたそうだ。俺は領事作戦部に顔を出してからそっちへ回る。それが片付いたら次は運び屋の加藤を追おう」

弓月はタバコを灰皿に揉み消した。趣味の悪い、安物の灰皿だった。一見して篠田の愛用品ではないと解った。そういえば、篠田の事務所にも灰皿はなかった。客人用のコニャックはあったが、組員の供述では酒もタバコもやらんという話だった。女は、のめり込む前にさっさと捨てる。どういう男なんだ……。

立ち上がる刹那、弓月は軽い目眩を憶えた。もう徹夜捜査をこなせるような歳じゃない。そろそろ現場を離れる潮時のような気がした。

4章　砂漠の処刑

クライミング班の第一陣は、松本に駐屯する第十三普通科連隊に所属する二人の山岳救助隊員だった。続いて北海道ニセコの冬季戦技教育隊の教官の二人。習志野から参加するレインジャーは、すでに護衛艦へと先発しており、残るは対馬から駆け付ける一人だけだった。

「監視に当たっている護衛艦が、短波無線の使用をキャッチしました。いずれもスクランブラー付きの暗号通信。調査部別室が解読に当たっています」

「発信地は？」

「東京二十三区内。横浜じゃないことは確かです」

「警部、黒田の息子は、今日本かね？」

「ああ、あの〝トランク坊や〟なら、六本木界隈で毎晩ドラッグ・パーティですよ」

領事作戦部に立ち寄った弓月は吐き捨てるように呟いた。〝トランク坊や〟の存在は、六本木はもとより、麻薬捜査に携わる者なら知らぬ者はいなかった。高校時代から、トランクにシンナーから覚醒剤までいっぱいに詰めて、行商人よろしく六本木のディスコ・パーティを渡り歩いていた。親父が持て余すようになり、アメリカへ留学させられたが、鳴海の手によって本国へ送還された。

「病気が再発したってわけだな。警視総監は黒田のボンがどういう男か知らんらしい。所在を確認してくれないか?」

「この事件に関係ありですか?」

「何とも言えん。だが、親父がうっかり口を滑らせるとも限らん。あいつは、組織には顔が効くからな。それに、帝国建設というのがどうも引っ掛かる。黒田はもともと土建の族議員だ。ひょっとしたらということもある」

「解りました。歩巳さん、よけりゃあ、私とご一緒しませんか? 篠田という男に興味があるでしょう」

「ええ、ぜひ。僅か半日でここまで探り当てた捜査テクニックの秘密も知りたいですわね。佐竹さん、《ブルドッグ》の離陸は何時になりますか?」

「四時。八丈島へ直行します」

昼までに帰って鳴海に搭乗を直談判すれば、充分に間に合うだろう。

途中で野田警部と合流し、丸の内のビジネス街へと覆面パトカーを走らせた。

「卒業生名簿に、私が知っている名前がありましてね、ちょっとした経済事犯で知り合いになったブン屋さんです。たいしたつき合いじゃありません。まあたぶん、いくつかバーターを飲まされるんでしょうがね。確実に捕まる人間ですから……」

喫茶店で待ち合わせした新聞記者は、麗子の名刺を一瞥して「ほう」と関心を示した。

「役人の世界も開けましたね」

「間口が開いた程度ですわ」

「いやいや。労働力が激減する状況を考えりゃあ、無能な男どもはとっとと窓際へ追いやって、有能な女性を登用すりゃあいいんですよ」

関口昭。経済部の遊軍記者だった。

「それで、財務省のエリートさんを連れて来た用件は何ですか？　僕は税関や入管は詳しくはありませんよ」

「そうじゃないんだ。あんたのプライバシーに立ち入るようで申し訳ないんだが、学生時代のことを尋ねたい」

野田は、ケースに入った卒業アルバムを取り出した。長らく仕舞われていたせいで、四隅が黄ばんでいた。

「こりゃあ、懐かしい。でも、ぼくの学友で経済事犯を起こすような大物はいなかったと思いますよ」

「そうじゃないんだ。一課と四課の事件だよ。麻薬絡みの誘拐殺人事件は知っているだろう。まだ紙面には出ていないが」

「社会部の連中が騒いでいるようですがね……」

関口の顔色が微妙に変わった。

「主犯は、篠田美徳。このアルバムにはないがね。君の親友だったはずだ」

「学生時代はね……」

苦い思い出に捉われたように、関口は茫洋とした瞳で相槌を打った。

「間違いないんですか？」

「ええ。一〇〇キロものコカインを日本へ持ち込んだのは彼です。直接手は下さなかったが、ホテルでの誘拐劇を指揮したのも彼です」

弓月が答えた。

「最後に彼と会ったのはいつだね？」

「卒業目前の、冬間近でした」

「あんたは、この二人とも知り合いだったね。金古遼一、鷹島珠緒。二人は卒業後しばらくして結婚したが、長らく行方不明だ」

関口が写る隣りのページに、並んだ男と女の写真があった。関口は凍えたような溜息をついた。

「もう、十年経ちましたかね……」

「あたしは十年前所轄勤務でね、事件の捜査に関係はしなかったが、記憶はしていた。そのアルバムを手に入れて、ひょっとしたらと思ったんだよ……」

「何がですか?……」

「あんたは、ことの真相を知っているんだと思うが……」

野田は喰い入るように関口の瞳を凝視した。

「よしてくださいよ！　野田さん。ひと昔も前の失踪事件を掘り起こしてどうするんですか」

「ここに、この事件を解く端緒(たんしょ)がある。じゃあ、質問を変えよう。篠田ってのは、どんな男だったね?」

「酒もタバコも、マージャンもやらん真面目人間でしたよ。よく言えばね」

「悪く言えば?」

「人を疑うことを知らん世間知らずのボンボンでした」

「ねえ、関口さん。もちろん、こちらも、あんたを通していくらかの特ダネは提供する用意がある。だが、人命が懸かっているんだ。それも一人や二人じゃない。篠田は人が変わった。あんたはその原因を知っている。金児夫妻がハネムーン中のシスコで行方不明になった時、篠田もシスコにいた。あんたが知っていることを話してくれ。奴の人格を解き明かさなきゃならん」

「この事件には、直接関係ないじゃないですか？」

「新聞記者としてではなく、人間としての貴男の良心に訴えます！」

麗子は、テーブルの上で小刻みに震える関口の手を取った。

「……ねぇ野田さん。法の執行は厳格であるべきだ。だけど、もし十年前の事件をほじくり返すことによって、ひょっとしたら、子供たちは、アメリカのどこかで生きているかもしれないと思っている家族に新たな悲しみを与え、失踪した二人の名誉も傷つけることになるとしたら、それでもやっぱりあの事件を再捜査しますか？」

「名誉を傷つける？　十年前、家族の捜索願いを受け付けた担当者と話したが、あんたたち学友は、二人の捜索に必ずしも協力的じゃなかったそうだね。そこいらに原因があるのか？」

「僕はそのころ沖縄支局でしたし、皆、就職したてで、それどころじゃなかったんですよ」

「にしても、冷たかった」

関口は覚悟を決めてコーヒーを飲み干した。

「あれは、二人の失踪後、五年ぐらい経ってからかな。ずっとニューヨークで暮らしてた友人と、向こうで会う機会がありましてね。二人の失踪事件の翌年、シスコのチャイニーズ・レストランで、篠田に似た男を見掛けたと言ってましたよ。ただ、あんまり表情が変わっていたし、向こうも気づけば当然挨拶ぐらいはするはずだろうからって、ひょっとしたら他人の空似かもしれないって別れたんです。僕はその時、咄嗟に金児夫妻のことが頭に浮かびましたけれど、その時は黙ってました。そいつが日本に帰って来て、失踪事件のことを知り、ひょっとしたらって話になりましたがね」

「ひょっとしたら？」

「復讐ですよ……」

長い間、溜めていた澱を流すみたいに、関口は呻いた。

「僕らは皆んな、街の面白考現学のサークルで知り合いました。夢のような日々でしたよ。受験戦争から解放され、毎日が輝いていた。週末、いつも飲み会を開いて騒ぎました。

玉青ってのは、節操のない女でしてね、よく言えば無邪気なんですが、誰かれとなく親しくなる。

最初は、金児が玉青に交際を申し込み、玉青は篠田に交際を申し込むかたちで始まりました。ところが、玉青は二股掛けたんですよ。篠田に言い寄る傍ら、金児とも寝ていた。金児は、女を口説く以外、たいした芸のない男でした。首都圏に家があり、親父の高級車は乗り放題。小遣いにも不自由しなかった。

一方の篠田は、たぶん調べたでしょうが、家庭があういう状況でしてね、母親のもとも飛び出し、生活に追われてました。アルバイトで忙しく、デートする暇もなかった。玉青は、地方出身者でしたが、地価暴騰がじりじり忍び寄り、努力がむくわれない時代に突入しようとしていた。彼女が最終的にどっちに惹かれたかは、自明の理だった。玉青は結婚したかったんですよ。ところが、まだ金児は学生だし、遊びたい盛りだった。肉体は求めても、結婚するつもりはさらさらなかった。それで玉青は、篠田を当て馬として利用したんです。あれはひどかった……。

三年のクリスマスイヴの夜、篠田は玉青とデートの約束をしました。銀座の喫茶店で、あいつは、店が閉まるまで待っていた。花束を抱いてね。終電が過ぎて一時間、あいつは、店の入口で待ちました。結局女は来なかった。二人が結婚を発表してから、僕は二人別々にあの日のことを尋ねました。女は、涼しい顔して『約束したのを忘れちゃった』って言うんです。普通のデートじゃない。クリスマスのデートを忘れる女なんていやしない。金児は正直に言いましたよ。『あれは、俺へのメッセージだった。彼とデートの約束をしたけれど、貴男のためにすっぽかしてやったって』

金児はメッセージを受け取った。二人は結婚を約束し、密かに両家のつき合いが始まりましたが、その間もずっと篠田は玉青を口説いていました。篠田は、そのことを誰にも隠さなかった。玉青をデートに誘うんですが、そのたびにあいつはのらりくらりと逃げ回る。ところが、金児が一緒だと、こっちがかんぐりたくなるほど篠田にべタベタする。金児の視界内だけで、玉青は篠田に惚れたふりをしてました。

玉青はたぶん、不安だったんでしょうね。金児に捨てられるんじゃないかと。嫉妬を掻き立てることで、金児の愛情を留めようとした。コンパで飲むでしょう。金児が見ている前で、酔ったふりして篠田に抱き付くんですよ。こんなこともありました。隣りに金児がいる席で、篠田のアドレス帳に、頼まれもしないのに、自分の田舎の実家の住所を書くんです。金児は、親しくされて喜ぶ篠田の道化面を楽しんで、最後にギャフンと言わせてやった。そして式の日取りや式場が決まったある日、玉青は篠田に向かって『貴男は私のことを愛してなかったじゃない』の一言で済ませたんです。

篠田は、『俺の分も幸せにしてくれ』と金児に告げて去りました。卒業目前で、僕は彼がアメリカに渡ったことすら知らなかった。二人はその後口裏を合わせて、三年のイヴの前から、結婚を誓い合ったように偽装した。篠田が消えたのをいいことに、あいつが勝手に横恋慕したように綻びを繕ったんですよ。結婚式じゃ、そりゃあ皆んなは祝ってあげましたけどね。そのクリスマスの一件は皆んな知ってましたから、あいつらが篠田をどんなふうに扱ったか薄々感づいたでしょう。だから、二人が失踪した時、誰も捜査に協力しなかったんですよ」

「でも……、でも、ひょっとしたら、その二人は友人に殺されたかもしれないんですよ⁉」

「歩巳さんでしたっけ……。ブン屋をやっていると、とりわけ経済部にいるとね、金儲けのためなら、平然と法を破り、ビジネス相手を裏切る奴らを目の当たりにする。けれど、あの二人が裏切ったのは、友人でした。大学へ入って、もう誰とも競争する必要のないサークルで知り合えた、たぶん一生つき合える本当の友だちでした。あいつらは、篠田が消えたことを何とも思わなかった。篠田なんて男は、はなからどこにも存在しなかったような涼しい顔をして結婚し、俺たちともつき合おうとした。貴女は許せますか？　友だちを欺き、利用し、弄び、裏切る。あいつらは、そのことに快感を覚えこそすれ、一片の良心の呵責も持たなかった」

「でも、殺人は殺人です。友だちや恋人に裏切られたからといって、いちいち殺していたら、この街には殺人者と遺族しか残らなくなるわ」

「ええ、もちろんそうです。殺人はいかん。それは、社会をよりよく運営するために守らねばならない最低限のルールです。でもねぇ、殺人はいかんというのは、たやすいですよ。殺人はいかんが、じゃあ、人を殺しさえしなければ、何をやってもいいというルールはないでしょう。金児と玉青は、篠田の愛情や友情を鉄下駄で踏みにじったんです。あいつらがやったことは、精神的な殺人だ。

僕はねぇ、シスコで篠田を見掛けたそいつとじっくり話し合いましたよ。もし、俺たちが、同じように玉青を愛し、同じような仕打ちを受けたとしたら、たぶん一生許すことはできないだろう。殺さないまでも、やっぱり何らかの形で復讐したかもしれない。このことは胸の奥に永遠に封印しようとね。

もし、篠田がやるべきことをやってしまったのなら、僕は、非難されるのを承知で言います。死者に鞭打つことになるかもしれないが、あの二人は、人間のクズだ。当然の報いを受けたんです。あいつを逮捕した後、この事件を立件するつもりなら、僕は、進んで証言台に立ち、篠田を弁護しますよ」

関口はそれだけ言うと席を蹴った。重苦しい雰囲気と卒業アルバムだけが、テーブルに残った。

「ひどい話だね……」

「二人がやったことかね、それとも二人が殺されたこと？」

「両方と言いたいが……。そこから先は、警察官の立場じゃ言えんな。篠田を逮捕したら、立件できると思うかね？」

「海外の事件だ。死体が出なきゃ起訴も無理だと思うな。だが、人格が破壊された今のヤツなら、得々と告白するだろうと思う。裁判で、遺族を前に、なぜ復讐するに至ったか、どうやって殺したか歌うように喋るさ。本人にも、遺族にも、二重に復讐できるんだからな」

「女だけが、男を裏切るわけじゃないわ……」

「もし、男と女の立場が逆で、貴女が彼のような目に遭ったらどうしますか？」

「あたしはまだ、そんなに男にのめり込んだ経験がないですから……、でも、刺し違えて自殺する危険はありますね」

「端緒が女絡みの密告なら、そもそものきっかけも女。女に祟られた事件だな」

弓月のポケベルが鳴った。店内から警視庁へ電話を入れると、倉庫が解りそうだとのことだった。

「ご一緒していいですか？」

「とんでもない。これからは、われわれの領分です。最悪の場合は銃弾が飛び交う。そんなところへ部外者は連れて行けない。別に女だからってことじゃありませんよ」

麗子は、ちょっぴり悔しそうな表情をして見せたが、弓月の意見はもっともだったので、引き下がった。

「飯倉公館まで送りましょう。悲しいことだが、愛情はいつでも殺意に変わる。復讐は、人生の大きな動機と目的になる」

麗子は、人質のほとんどは、もう生きてはいないような気がした。

部下たちがマージャンに興じる傍らで、篠田は倉庫の吹き抜けの三階の窓から、港を見下ろしていた。

……十年を経た今でも、あのカリフォルニアでの暑い一日のことを鮮明に思い出すことができた。二人と交わした最後の会話の一言半句までも記憶していた。

シスコのチャイニーズ・シアターの前で偶然出会った時、あいつらは笑っていた。語り掛けて来た言葉が、「やあ、元気かい」だった。まるで、昨日コーヒーを飲んで別れたみたいな顔には、罪悪感の欠片もなかった。その一日、華やかだった結婚式の様子や友だちの近況を聞きながら、俺は作戦を練り、翌日、友人のヘリコプターで、カリフォルニア半島を見物させてやると約束した。それは、チャイニーズ・マフィアが麻薬の密輸輸送に使うヘリだった。

シスコ湾をひと回りした後、サンノゼから東へ飛んで砂漠地帯へと向かった。地平線の彼方まで土色の世界が続く茫漠たる地域でヘリを着陸させると、二人はローターが止まらぬうちに、はしゃいで外へと飛び下りた。

座席下のバケットから命中率に優れたスポーツ射撃用のブローニング・マッチ150モデル・ピストルを後ろ手に持って二人の後に続いた。一〇発の装弾が可能だったが、マガジン・クリップには、五発しか装弾しなかった。昨夜、グリスを塗ってピカピカに磨き上げ、五発のテフロン加工が施されたマンストッパー弾が装塡されていた。狙うべき所は、昨晩慎重に検討した。五発で充分だ。一発も外すつもりはなかった。一発一発に、俺の怨念が込められていた。ポケットには、購入したばかりで未使用のジヤックナイフと、ステンレスのフィンガーナックルを隠していた。

金児は、ヘリから三〇メートルぐらい離れた所で立ち止まり、タバコに火を点けた。後ろから、まず金児の右足の膝を狙って撃った。トリガーが返って来ると、さっと銃口を振って、玉青の左足の、同じ部分を狙って撃った。続いてひと呼吸置くと、今度は、金児の右手の甲を狙って撃った。これで三発。

残りは、正面からと決めていた。誰が撃ったか、明確に教えてやらねばならなかった。金児がバランスを崩し、何が起こったか理解しかねる顔で、背後を振り返ったが、足が縺れてその場にもんどり打って倒れた。ジッポライターが左手から地面に落ち、タバコが宙に飛び、埃が舞い上がった。女はどうにか膝を折ってその場に両手をついた。

俺は微笑みながら、金児の、今度は左足の膝頭を一メートルの至近距離から撃った。残るは一発。女の正面に回り込んだ。玉青は、まるでスタートラインに着いた短距離選手のような恰好でうずくまっていた。

眼の前に銃口を押し付ける。銃身をゆっくりと下げて、右手の甲を撃った。パウダーの焼けた黒い煤が、砕かれた甲の皮膚を火傷させた。ついに女が悲鳴を上げた。

金児が地面をのたうち回りながら、

「何の真似だ⁉……」と呻いた。

答えるつもりはなかった。フィンガーナックルを右手の四本の指にはめると、金児の胸に馬乗りになり、髪の毛を摑んでグイと顔を起こした。前歯の総てが歯茎から折れるまで二〇回ばかり休むことなくパンチを浴びせた。男が苦痛に呻き、涙をこぼしながら咳き込む度に、ボロボロと歯の欠片が、破れた唇からこぼれ落ちた。金児が白眼を剝いた。

「気を失うのはまだ早いぞ。何のために二二口径のオモチャのピストルで撃ったと思っているんだ」

頰をひっぱたいて目を覚まさせると、今度はジャックナイフを開いて女に近づいた。まるでペットの首を摑むように玉青の首を左手で摑んで起こした。

「目を開けてちゃんと見てろ！」

気絶させては元も子もなかったので、ほんの二、三ミリの深さで、顔面をX字に切り裂いた。この世のものとも思えぬ悲鳴が上がった。女の軀が小刻みに痙攣し始めた。

「痛いか？……。いや、たいしたことはない。俺が受けた屈辱に比べれば、どうってことはない。俺がこの一年間、どれほど惨めな気持ちで過ごしたか解るか⁉」

金児が落としたジッポを拾うと、ケースを分解して、オイルが染み込んだ中の綿を取り出した。

「ここは、空軍のテストエリアだ。誰も近寄らない。麻薬取引をするマフィア以外はな。今日は金曜日で、もう夕方だ。土日、訓練はない。月曜日まで、誰もこの真上を飛ぶことはない。もっとも、こんな土地じゃあ、誰も気づきはしないが。一〇〇メートルも上がれば、もう貴様らは、砂漠の一部だ。俺だって、一度飛び立てばもう探すことはできないだろう。乾燥地帯だから、火事はしょっちゅう起こるが、竜巻きを残してあっという間に消える。火を焚いてシグナルを送っても、誰も見向きもしない。東は、二〇〇キロ向こうに山脈がある。西は、ほんの六〇キロ歩けば、ハイウェーが一本走っているが、ここは、道路を歩くみたいにはいかんからな。サボテンの林を縫いながら、一キロ歩くのに一時間は掛かるだろう」

綿を右手に握ると、玉青の頭上で搾って、たっぷり染み込んだオイルを髪の毛から顔面に垂らした。地面でうっすらと煙を上げているタバコを拾い、その火を頭にかざした。パッと火が点き、青白い炎が上がってチリチリと髪の毛が燃え上がり始めた。その隙に這いずって来た男の胸元に、蹴りを入れた。

「お前は相変わらずだな。いい歳して、こんなガキのおしゃぶりをくわえやがって……」

泥の付いたタバコを血だらけで膨れ上った唇にくわえさせてやったが、歯がないせいで、タバコはぽろりと地面に落ちた。

「なあ、金児さんよ。俺にとって、お前は友だちだった。俺は、何ひとつお前に隠し事をしたことはなかった。お前にとって、俺は友だちだったのか?」

　虚(うつ)ろな瞳が、憐憫(れんびん)を請(こ)うように頷いていた。

「やっちゃあ、いけなかったんだよ！　お前が俺を裏切った瞬間に、お前にとって、俺は友だちでもなんでもなくなった。ただの道化だよ」

　炎が消え、あとに、以前より小さくなった黒焦げの頭と、すえた臭いが残った。女は気絶していた。再び喉元を掴み、かつて愛した、愛したつもりだった女の軀を起こすと、平手打ちを喰らわせた。

「起きろ、玉青！　まだ寝る時間じゃないぞ」

　眉毛は焼け落ち、もはや性別の見分けすら困難な醜悪な顔に変貌していた。うっすらと瞼(まぶた)が開くと、涙が血とともに砂漠に流れ落ちた。

「そうだ。ちゃんと眼を見開け。お前たち夫婦が人生の最期に眼にするのは、互いの惨めな姿だ。俺がなぜひと思いに殺さないか解るか?　お前らは、道徳ってものを持ち合わせない。だから、謝罪や反省を求めるような無駄なことはしない。俺を皆んなの前で道化扱いしたことを、後悔するだけの時間を与えてやる。

　もうすぐ太陽が沈む。砂漠の夜は零下まで冷え込む。サソリや毒ヘビがいる。ここいらにゃあ、コヨーテもいる。どうやれば撃退できるのか、俺は知らん。運がよけりゃあ、明日の日の出を拝めるだろう。最期の太陽だ。だが気温はあっという間に四〇度を超える。灼熱地獄だ。お前らみたいな人間のクズには、もっとふさわしい死に方があるんだろうが、何せ時間がなかったんでな」

　唇が助けてと呟いていた。

「そうか……。助けてか。お前はいつだって、自分ひとりがかわいいんだな。てめえみたいなメス豚は、地獄へ堕ちてウジ虫になるがいい！」

　首を握ったままサボテンの根元に、軀を投げつけてやった。無数の刺が突き刺さり、女はまた悲鳴を上げた。

「さあ、金児。女を口説く以外にも芸のある所を見せてやれ。たった六〇キロだ。助けを求めに這っていくがいい」

　銃を金児の胸元に放ると、踵を返してゆっくりと歩き始めた。一〇メートルは歩いたところで、ようやく、ピストルのハンマーが下りるカチッという音が乾いた地上に響いた。

　俺はくるりと振り返り、最後の捨て台詞を浴びせた。

「地獄へ堕ちろ！　そこが貴様らにふさわしいマイホームだ」

　ヘリに戻ってドアを閉めると、マフィアの友人が親指を立てて微笑んでくれた。

「終わったかい？」

「ああ、行ってくれ……」

「女は惜しいことをしたな。両眼を潰して足の指を切断すれば、中東辺りのマーケットでいい値で売れるのに」

「ああ、これからは考えることにするよ」

ヘリコプターは離陸すると、二人の上空をゆっくりと旋回した。男は女を残し、地面に血の糸を引きながら西へ向かって這いずり始めていた。ローターの爆風が砂塵(さじん)を巻き上げ、その姿を砂漠に埋めていった。

あの時のことを思い出すと、今でも気分が高揚した。あれは、俺の人生で最良の一日だった。あの時のフィンガーナックルとジャックナイフは、今でも肌身離さず持ち歩いていた。あれは、俺が世間への復讐を誓った日の、人生の栄光の証(あかし)だった……。

携帯電話が鳴った。〝トランク坊や〟からだった。

「俺だ……。そうか、解った。ここは脱出する。お前は島へ渡れ……。向こうは人質を欲しがっているんだ。……つべこべ言うな。総てはうまくいく。情報は、俺が直接拾う。お前は、俺の命令に従わなきゃならん。裏切れば、どうなるか解らん頭でもあるまい?……。そう、それでいい」

篠田は甘美な思い出を振りはらい、ラダーを滑り降りた。

「ここを出るぞ!」

「どこへ行くんですか?」

「隠れ家はいくらでもあるさ。ヤカンにいっぱい水を入れて、ガスコンロの火を点けろ。ただし弱火でな」

「なんでですか？」

「たった今逃げ出したように見せ掛けるためだ」

　荷物のないガランとした倉庫には、スープラが一台と、二トンの保冷車がぽつんと停まっていた。

　篠田はベレッタM92Fを持ってキャビンに上がった。二人の人質。一人は学生、一人は中年のサラリーマンを、ロープでぐるぐる巻きにして転がしてあった。

「政府は、下らん小細工を弄して俺を探し回っている。お前らにたいした恨みはないが、これは、俺の政府への意思表示だ」

　絶望の表情を浮かべる人質の頭に一発、胸に一発ずつ撃ち込んだ。本当は記念のナイフで喉元を掻き切ってやりたかったが、返り血を浴びると、洗濯している暇がなさそうだった。

　警視庁に帰った弓月は、民間の測量会社がヘリコプターを使って空撮した横浜のロフト街のビデオを見詰めていた。地上げ屋と国税当局が真っ先に購入した〝空撮市街地図〟だった。

「こいつですよ。市街地図と照合していたら、偶然帝国建設のロフトが目に入ったんです」

「間違いなくここなのか？」

女子大生は、自信なさそうに首を振った。

「真上から見たくらいで、解るはずがないじゃないの……」

「倉庫街の管理業者に問い合わせたところ、今はただの含み資産で、時々ロックコンサートに貸し出される程度だそうです。神奈川県警が、機動隊を待機させています」

「現場に近寄った者は？」

「いえ。神奈川県警には、場所はまだ知らせてません」

「よし、行こう。まずこの眼で確認してからだ」

「あたし、学校があるんです！」

「いつもさぼっているだろうに、何も今日に限って殊勝（しゅしょう）な女子大生をやることはない」

弓月は時計を見た。夕刊が街に出回るまで、もうしばらくあった。

《ブルドッグ》への搭乗を申し出た麗子は、頭ごなしに一喝されることを覚悟していたが、鳴海の反応は意外にもあっさりとしていた。

「パイロットの君なら、当然あれに乗りたいだろうな。もちろん私は、君が女性だからという理由で却下はしない。ただ、軍人でない君があれに乗ることの必然性があるかどうかが問題だ」

「法の執行官が必要です。緑魔島は日本国内ですから、日本の法律が支配します」

「執行官なら、弓月警部がいる」

「家族をお持ちの方を、あんな空飛ぶ棺桶に乗せるのは酷ですわ」

「将来、子供を生んで富国政策に貢献するであろう女性を乗せるのも酷だよ」

「鳴海さんからそんな話を聞くなんて意外ですわ。とにかく、当初の計画では、政府のスタッフ・オフィサーが搭乗して指揮を執ることになっているんですから。私の胃袋は宙返りに耐えます。パイロットとしての務めも果たせます。佐竹さんを前になにですけれど、あの連中はまともじゃないわ」

「どうもパイロットって人種はよく解らんな」

「覚悟が出来ているんなら、私は歓迎します」

鳴海の立場を考えた佐竹がオーケーを出した。

「私は、全体の指揮を執る必要があって乗るわけにはいかん。飛鳥には指揮官が必要だ。コクピットでがなり立てる人間がいてもいいでしょう」

「じゃあ、いいだろう。新幹線に乗りたまえ。基地にフライトジャケットを用意させてくれ」

太陽はすでに西に傾き、羽田空港に着陸する旅客機は長い影を引いていた。福岡から民間機で到着した矢部卓二尉は、ジャンボを降りるとリムジンバスには乗らず、航空局が差し回したバンに乗り込んで海上保安庁のハンガーへと急いだ。

海上保安庁のベル212ヘリコプターが待っていた。

キャビンのドアが引かれると、中では、土門を初めとした山仲間が待っていた。

「皆さんの装備はどうしたんですか？」

「先発したよ。君のはそれか？」

矢部は四〇リットルのザックを抱えていた。

「手荷物として機内に持ち込むのにひと悶着起こしましたよ。それで、どこを征服するんですか？」

「絶海の孤島。ただし、テロリストがピークで歓迎してくれる」

「ま、偶には変わったクライミングもいいでしょう」

矢部が不敵に微笑むと、ヘリのローターが唸りを上げて回転し始めた。

銀縁の素眼鏡を掛けた篠田は、浦安駅のキオスクで夕刊を買い求めると、そのまま電話ボックスに入った。十秒が限度だと思った。コールが三回鳴っても受話器が取られなかったので、いったん受話器を置いた。一〇分経ってから、再び掛けた。相手と会話を交わすつもりはなかった。

「コール中に逆探知されるのは好かん。日本政府は俺との約束を破った。倉庫を調べてみるがいい」

それから五分後、横浜の倉庫街で、防弾チョッキに身を固めた機動隊の一隊が倉庫に押し入った。もちろん、保冷庫と、湯気を立てるヤカンを除いて、もぬけの殻だった。

保冷庫の扉を開けた機動隊員が、「警部！」と呼び掛けた。

扉を開いたせいで、キャビンに溜まっていた大量の血液がポタポタとコンクリートの地面に滴り落ちた。弓月は、靴の上にビニールカバーを履いて、機動隊員の手に引っ張られてキャビンに上がった。懐中電灯で照らすと、血の海に、縛られたままの死体が横たわっていた。長いこと四課勤めだったため、死体にお目に掛かるのは久し振りだった。監視班に加わっていた警察病院の医師が上がって来て、皮膚の弾力の反応や死斑の有無を強力なマグライトで調べた。

「ほぼ即死。死後一時間は経過していますが、まだ二時間は経っていませんね」

「タッチの差だった……」

「そうですな。われわれが包囲網を敷く寸前に、殺して脱出したようですな」

情報が漏れていた……。

領事作戦部へ帰ると、篠田の電話テープが届いていた。二度三度とリプレイしてからテープを止めると、弓月はあまりのふがいなさに、歯を剝いて呻いた。

「直前に二人も殺しておきながら、まったく落ち着いてやがる！……」

「約束したってのが、凄いな。彼の中では、日本政府は紳士協定か何かを結んだことになっているらしい」

「すみません。たぶん、警察から漏れたんだと思います。捜査課を疑いたくはないが、その可能性が大きい。《ブルドッグ》の出撃も、こちらが緑魔島の存在を知っていることもバレたと考えたほうがいい」

「でも、警察で領事作戦部の存在を知っているのは、上層部と、弓月さんが信頼する同僚だけですよ」

「同僚はともかく、その上層部ってのが曲者でね、要するにキャリアですよ。上級職の皆んなが皆、鳴海さんみたいに国のことを考えているわけじゃない」

「佐竹さん。どうしたもんかな？……」

「攻撃は、午前二時と言いふらしてある。すでに知られたという前提で、テロリストが起きている時間帯に攻撃を敢行するしかないでしょうな。クライミング班に休息を与える余裕がなくなるが、やむを得ない。《ブルドッグ》で時間を稼ぎましょう。奴らはそろそろ離陸します。命令を伝えてから、われわれは防衛省へ移りましょう」

「篠田は次の要求を出すかな?」

「あいつは、この誘拐作戦に乗り気じゃなかったような気がする。もちろん、カルテルの要求を伝えはするでしょうが、われわれと接触を図るかどうかは疑問ですな。搦手で追い詰めていくしかない。電話は、千葉県内から、とまでは解っているが、奴と千葉周辺を結ぶ線はまだ出ていない。わざわざ電話を掛けるためだけに、千葉へ出たとは思えない。そこいらへんから探ってみますよ」

窓の外には、夕暮れが近づいていた。

5章　ブルドッグ初出撃

麗子は持参したモスグリーンのフライトジャケットに身を包み、パラシュートを背負ってハンガーに現われた。たいていの人間は、エマージェンシー・グッズがいっぱいに詰まったフライトジャケットを着ただけで軀のバランスを崩してしまうが、気品を保った麗子の歩き方に、出迎えた《ブルドッグ》のクルーらは、いっせいに冷やかしの口笛と拍手を浴びせかけた。

この連中にセクハラを訴えるのは無駄だと解っていたので、麗子はサービスに二、三歩おどけて見せた。

小西曹長が「囃(はや)してる暇はないぞ」と諌(いさ)めながら、麗子のポケットを全部開けさせた。

「SOS無線機を除いて、全部持ち込み。それも高級品揃いだ。いいでしょう。合格です」

「申し訳ないけれど、官給品はあんまり信頼してないの」

「《ブルドッグ》を代表して歓迎するよ」

飛鳥はすでにヘルメットを被(かぶ)り、右の膝にフライトプランを書き入れたニーボードを縛りつけていた。コクピットのシートに縛りつけられていても下敷きなしで使用できる便利なメモ帳だった。

「作戦を聞きましょう」

「うん。これを見てくれ」

チャート・デスクには、地図に代わって、製図班が作成した緑魔島の凹凸モデルが載せられていた。飛鳥は、《ブルドッグ》のプラモデルを手に取った。

「常に留意しなきゃならんことは、砲弾をコテージへぶち込まんことだ。機関砲の角度が、ほんの一〇度撥(は)ね上がっただけで、コテージを誤射する恐れがある。だから、海岸線から滑走路へ向けての攻撃は厳禁となる。ひとつ覚えておいてほしいが、翼の取り付け具(パイロン)から射出されるミサイル類を除いて総ての武器は、レフトウイングへ発射される。これは、コクピットのレフトシートに座る機長であり、射撃手でもある俺が総てを把握できるようにだ。つまり常に左旋回を強(し)いられると思ってくれ。

われわれは東側から超低空で侵入し、一〇五ミリ砲でまず目障(めざわ)りな給水塔を破壊する。こいつを倒さんことには、自由に飛び回れない。同時に、二〇ミリ砲はエプロンにいるヘリを吹き飛ばす。それから南西へいったん離脱し、今度は真南から、船着き場へ襲来。敵の逃走を防ぐために、フネを破壊する。再び同じコースを取り、今度は滑走路周辺の対空砲陣地を破壊する。それが済んだら、島の東南端、滑走路から五〇〇メートル離れたポイントにFパレットを投下する。六〇式装甲車だ。こいつを落とすわけは、四つある。第一、陸上班の降下と見せかけて、敵の出方を観察する。第二、《ブルドッグ》の行動そのものが陽動にあるが、こいつはさらに《ブルドッグ》の囮にもなって、しばらく敵はこいつの攻撃に専念するだろう。第三、いざという時、もし動けばの話だが、こいつでコテージへ乗り込む。第四、《ブルドッグ》に支障が生じた場合は、着陸し、トーチカ代わりに使う」

「もし敵が奪ったら？」

「それも想定ずみだ。まず、車内には一発の弾丸も置かない。無線指令の自爆装置も付けた。いざとなりゃあ一〇五ミリ砲で吹き飛ばすだけだ」

「ダミーを使えばいいのに。時間を稼げるわ」

麗子は、天井からぶら下がっている身長一メートルのマスコット人形を見上げた。首にロープが巻いてあり、看護師の白衣と帽子をかぶっていた。白衣には、真下からは読みとれなかったが、女の名前に続き、『死刑』とマジックで書いてあった。女に裏切られた小西曹長の悪趣味な悪戯だった。

そのマネキン人形は本来、軍服を着せられ、爆竹を抱き、敵を撹乱するためにパラシュートで機外へ放り出されるための代物だった。

「二、三体は積んでいくが、いろいろ問題があってね。われわれは敵のXバンドレーダーを生かしたまま、作戦を行なう。もしあのジャングルの真上でダミーを放り出せば、敵は襲撃に備えてコテージに立て籠るだろう。奴らをコテージから引っ張り出すのが俺たちの役目だ。あくまでも、《ブルドッグ》単独の攻撃であることを匂わせたい。レーダーさえ生きてりゃあ、連中は安心して出て来るさ」

「搭乗員は全員で何名？」

「紹介しよう。君を含めて一一名になる。コーパイの駿河一尉は知っているな。機付き長であり、航空機関士の小西曹長。こいつには逆らわんほうがいい。女のことで気がふれている。悪くするとああいう目に遭う」

飛鳥は頭上に下がるマネキンの看護師を仰ぎ見た。

「近場のミッションなので、航法士は乗らない。センサーオペレーターの間島一曹。彼が赤外線からレーダーまで、総てのセンサーと妨害、スティンガーミサイルの発射を受け持つ。神経質な男で、重傷の胃潰瘍患者だ。薬は飲んだな、間島？」

青白い顔の間島一曹は、薬の小瓶をポケットから取り出して見せた。

「彼が神経質なお陰で、われわれは地対空ミサイルの心配をせずにミッションに専念できる。コクピット要員はこれだけだ。これに、一〇五ミリ砲の射撃手と弾薬補給を務める青木と合田士長。二〇ミリ機関砲の射撃手は三人、須藤、金田、森本士長。物資の投下指揮官を兼務する医官の柴崎二尉。本当はイーグル・ドライバーになりたかったが、頭がよすぎて防衛医大に進んだ」

「そうじゃありませんよ。眼鏡を掛けてたんで諦めたんです。婦人科は専門外ですが、ご用の時はなんなりと」

「で、私は誰を助ければいいんです？」

「キャビンの後方には近寄らんほうがいい。鼓膜が破れる恐れがある。《ブルドッグ》が積む一〇五ミリ砲は、陸の主力、七四式戦車の主砲とまったく同じサイズだ。衝撃波は凄まじい。まあ、航法士の補助シートにでも座ってもらおう。プロのテクニックを披露してやるさ」

牽引車が《ブルドッグ》の首脚に取り付き、二台の電源車がフル回転して、《ブルドッグ》の電子装置の血液となる電源を供給していた。《ブルドッグ》は、途方もなく大食いな輸送機だった。

「よし、皆んな乗り込め！」

離陸許可を得るために、飛鳥は領事作戦部の佐竹へと電話を入れた。皆が乗り組むと、電源車が切り離され、タイヤを固定するブレーキチョークも外された。牽引車が、まるで象を引くみたいに《ブルドッグ》をハンガーからエプロンへと引きずり出した。

佐竹の声は、クォーツ時計のように冷静そのものだった。

「そっちは支障ないか？」

「準備オーケーです。油を入れて二〇分で離陸します」

「作戦に変更があった。こちらの攻撃予定が、敵に漏れている可能性が出て来た。攻撃は、クライミング班がピークに到着する寸前に開始し、《ブルドッグ》は、滑走路上に止まり、敵を可能な限り釘付けにしろ」

「やれやれ、そのうち、救出チームを編成してコテージに押し入れなんてことにならなきゃいいですがね」

「それも覚悟しておけ。戦場にあっては、どんな突発事態が生じるか解らん。われわれはこれから中央指揮所へ移る。文官を載せているんだ。手荒な芸を披露する必要はないぞ。行って来い！」

「了解！」

エプロンでは、給油と並行して六〇式装甲車が、後部のランプから自力で乗り込むところだった。これから、この基地へ還り着くまで、《ブルドッグ》は、文字どおり飛鳥の羽根となって夜空を飛び回る。

飛鳥は、ハンガーの入り口にある静電気放流プレートに右手を載せると、軀の静電気を放出し、機体へと歩いた。すでに機体左翼側の補助動力装置が始動し、駿河が誘導員の指示に従って、昇降舵や方向舵が支障なく動くかどうかチェックしていた。

写真部員がカメラを構えてシャッターを切っていた。もう、フラッシュが必要なほど周囲は暗くなっていた。

「皆んな無事で連れ還ってくださいよ。葬式写真はご免ですからね」

「熱めのコーヒーを淹れて待っててくれ」

装甲車の操縦者と交代に、後部ランプから飛び乗った。

「皆んな乗ったな⁉　荷物の固定はよし。ランプを閉めろ。離陸する」

コクピットに入ってレフトシートに掛ける。

麗子はもの欲しげな目つきで、駿河や小西の指先に視線を這わせていた。

「そんなに飛行機が好きなら、専業パイロットになりゃあいいだろうに」

「ラインは厭よ。だいたい女を採用しちゃくれない。自衛隊も同様な理由でご免。それに、うちの親が卒倒するわ。こんなことを知ったら」

「女ってのは、体面以外の価値基準はないらしいですな」

右翼サイドのエンジンパネルに就く小西が、皮肉げに語り掛けた。

「誰だって幸せな結婚をしたい。豊かな生活を送りたい。今時、清く貧しくなんて女は探すほうがどうかしているのよ」

「あんたみたいな鼻の高い女に掛かっちゃあ、医者でも自衛隊員は、もう結婚はできんのだろうな。そりゃともかく、そこに座ってたきゃ、われらが機付き長を刺激するようなことは言わんでくれ。でないと、こいつは看護師と勘違いしてあんたの首を絞めるかもしれんからな」

「専門職には敬意を払います。以降気をつけます」

飛鳥はチェックリストをひとつひとつ消化しにかかった。こればかりは、安全な飛行のために、省（はぶ）くというわけにはいかなかった。駿河がチェック項目を読み上げ、飛鳥が復唱しながらチェックしてゆく。

「Fパレット・キャリー。離陸重量がオーバーしてますから、滑走距離は最大を取ります」

「了解。エンジン始動！」

左翼の一番エンジンから次々と点火レバーを引く。一基で四五一〇馬力の推力を持つアリスン社製T―56―A―15ターボプロップ・エンジンが支障なく点火すると、小西が力強い声で「エンジン始動、回転数異常なし。油圧総て正常。離陸異常ナーシ！」と告げた。

「さあ、皆殺しのフライトに出発しましょう！　撃って撃って撃ちまくる」

「了解だ」

地上管制からの通信が入った。

「こちらグラウンド・コントロール。準備が出来たら呼んでください（アドバイス・ホエンレディ）」

「名古屋グラウンド。こちらはブルドッグ01。地上滑走許可願います（リクエスト・タキシング）」

「ブルドッグ01。ランウェイ16への滑走を許可します（タキシー・トゥ・ランウェイ）」

「了解（ラジャー）、名古屋グラウンド。ブルドッグ01」

　飛鳥は四本のパワーレバーに右手を添えると、ゆっくりと前へ押し出した。プロペラの唸りが高まり、六個のタイヤがだだをこねながらもゆっくりと動き始めた。ほんの数秒で、滑走（タキシング）し始めたことによる加速度が、合計一一名のクルーの全身を捉えた。滑走路では、全日空のエアバスが着陸するところだった。

　タキシング途中に、最終チェックを行なった。基地、グラウンド・コントロール、航空無線と、三つの無線が混信していた。パイロットの隠れた芸のひとつが、聖徳太子（しょうとくたいし）並みに無線を聞き分けることだった。

　ナンバー16滑走路の端に乗ると、飛鳥はパワーレバーを少し絞りながら、ターンを回り切った。

「ブルドッグ01、周波数一一八・七MHZ（メガヘルツ）でタワーと交信しなさい（コンタクト・タワー）」

「周波数一一八・七MHZ、了解。さよなら（グッド・デイ）。こちらブルドッグ01、離陸許可願います（リクエスト・フォー・テイクオフ）」

「こちら名古屋タワー。離陸を許可します（クリア・フォー・テイクオフ）。滑走路支障なし。風は西、五ノットから七ノット。幸運を祈る（グッドラック）」

「了解。ブルドッグ01、離陸します」

いつもは、グッド・デイで終わるはずの通信が、グッドラックに変わっていた。二七四〇メートルの滑走路には赤い誘導ランプが明滅している。頭上を見上げると、先に離陸した民間機が、夕陽を浴びて黄金色に輝いていた。

「よし、行こう(レッツゴー)！」

自分は、全知全能になる……。そういう瞬間だった。パワーレバーの右手に、駿河が左手を載せた。

右手を前へ押し出す。視線は滑走路のセンターラインに乗っている。速度を読み上げるのは、コーパイの役目だ。《ブルドッグ》は、ジェット機みたいにダッシュするというわけにはいかない。それでも、麗子は加速度に振り落とされないよう、シートの肘掛け(ひじかけ)を摑んだ。

五〇トンに達する機体は急速に速度を上げ始めた。

「九〇ノット、九五、Ｖ１……」

『ハーキュリーズ』の離陸滑走距離は、僅か(わずか)一五〇〇メートルに過ぎない。限界点速度(Ｖ１)を超える。この速度を超えると、ブレーキの制動距離内で停止できないため、エンジンが一基停止しても、残りのエンジンで離陸しなければならない。

「一一五、ＶＲ！」

「ローティション！」

引き起こし速度(VR)に達する。飛鳥は左手でゆっくりと操舵輪(ホイール)を手前へ引いた。

「V2!」

安全離陸速度(V2)を超えた時には、機体は完全に滑走路を離れて、なお急角度で上昇し続けた。人が空を飛ぶなんてどうかしている……。離陸時に全身を締め付ける加速度の圧迫は、空を征服しようとする愚かな人間に対する、警告に違いないと飛鳥は思った。

「脚上げ(ギア・アップ)!」

駿河がギアレバーを上げる。速度が一三〇ノットに達したところで、フラップを上げさせた。駿河は、一五〇〇〇フィートのフライトレベルへ上がる許可をレーダー官制に求めると同時に、敵味方識別装置(IFF)のスイッチを入れた。

「お嬢さん、講評を聞きたいな?……」

水平飛行に移ると、飛鳥は操舵輪を握ったまま背後を振り返った。薄暗いコクピットの中で、麗子は恍惚とした表情を浮かべていた。

「え? その……、ああ駄目だわ。任務を忘れてしまいそう。もし、無事に終わったら、帰りにほんの五分そこに座らせてくださいな」

「いいとも。こいつは納税者のもんだし、買ってくれたのは財務省だ。そのぐらいのサービスはするとも」

管制空域を離脱すると、《ブルドッグ》は、暗闇へ向かって自動操縦に移った。

同じ頃、調布を飛び立ったパイパーは、緑魔島でひとりの男を降ろし、調布へととんぼ帰りしていた。パイロットに尾行はついていたが、まだ拘束は受けなかった。

土門二佐は、護衛艦『さわぎり』（三五〇〇トン）のデッキで、作戦変更命令を受け取った。三〇メートル離れた所を、ゆうしお型潜水艦『ゆきしお』（二二五〇トン）が伴走していた。

土門は『さわぎり』のゴムボートに部下や装備を分散させ、『ゆきしお』へ移乗した。カッターを使えば二回で済んだが、それだと、ほんの数ミリしかない潜水艦の耐圧船殻を傷付ける恐れがあった。

最後に土門が乗り移り、司令塔のブリッジに立つ艦長に向かって敬礼した。

「土門二佐以下一二名、乗船許可願います！」

「乗船許可します。歓迎するぞ、土門」

デッキのハッチを潜って発令所へ降りる。司令塔から艦長が降りて来た。

「進路〇―八―〇。シュノーケル航行用意」

「植田（うえだ）艦長。お前、脚気（かっけ）じゃなかろうな？……」

「そういうお前はドーランでも塗ったのか。皆んな、俺の防大での同期だ。同じ経歴でも、陸と海ん中じゃ、人種が変わるっていういい証明だな」

「やれやれ、あの金鎚の植田君が潜水艦乗りとはなぁ」

「未だに浮かび方を知らんから、潜ってばかりさ」

「潜航関係員配置に就きました！」

「よし、気圧上げ」

潜水艦は、潜航前に必ず艦内の気圧を上げて機密状態をチェックしなければならなかった。送風管からシューと空気が出て来て、耳がツーンと鳴った。

「シュノーケル航行中は、ずっとこんな調子になる。吸気管が波を被って弁が閉じている間、ディーゼルエンジンは艦内の空気を消費するから、艦内気圧はしょっちゅう変わる。ほんの一時間ちょっとだ。辛抱しろ」

「構わんさ。俺たちは、そこいらで眠らせてもらう。何せ昨日今日の急な作戦でな」

「俺のベッドを使ってくれ」

シュノーケル・マストだけを海面に上げて潜航し、最後の三〇キロは完全な潜航状態で二〇ノットで進んだ。高精度のジャイロ・コンパスは、人間が感知することのできない僅かな加速度を感知して慣性航法装置に伝え、十数メートルの誤差内で緑魔島に接近した。

植田艦長は、そこで潜望鏡深度に浮上し、潜望鏡に内蔵された低光量テレビでコテージを撮影した。そこから先は、サイド・スキャン・ソナーで海底の状況を見ながら慎重に接近した。二〇〇メートルまで接近したところで、コマンドたちを起こした。

流れが速いため、艦を一定ポイントに留める感触を把握するのにしばらくかかった。

土門は、コーヒーでカロリーメイトのブロックを流し込みながらコテージを映したビデオを観察した。三階と一階の窓に灯りがあった。屋上には、二人の監視兵がいた。銃器は、イスラエル製のウージ短機関銃に違いなかった。

「微かだが、二階にも灯りがある。人質はここかな？」

「どうして？」

「一階は駄目だ。トラブルがあれば、簡単に逃げられる。一方三階は、ヘリボーン作戦をやられた時に、真っ先に突入される。二階だと、いろいろメリットがある。このコテージでは、三階がビップ用の居住フラットだ。人間がフラットを上下することによって、常に人質を監視できるし、逆に人質はプレッシャーを受けて、脱出なんて考えは捨てる」

植田艦長はサイド・スキャン・ソナーの線映像をモニターでチェックしながら、舵とエンジンの出力を小刻みに調整した。絶壁は、角度を持ちながらも海中まで続いていた。五〇メートルまで接近し、まず潜望鏡を上げ、三六〇度観察した。異常はなかった。

「デッキ水面まで浮上する。メインタンク全ブロー！」

揺れはほとんど感じなかったが、轟音が艦内を圧した。

「お前らを送り出した後、ここへ留まって潜望鏡で監視する。緊急シグナルは赤外線フラッシュライトで打ち合わせどおり。滑落者があったら、すぐレスキューチームを出す。もし敵に発見されたら、六四式小銃で応戦援護する」

「まあ、その心配がないよう努めるさ」

土門は、顔に黒い艶消しのドーランを塗りながら答えた。浮上すると、普通のゴムボートより耐波性に優れた三角艇首を持つ二艇のジェミニ・ディンギーが展張された。出撃直前、領事作戦部からの最終命令を受領した。シグナルはグリーン。《出撃せよ》だった。

通信長は同時に、封筒に入った通信紙を差し出した。

「読後破棄の通信です。自動翻訳ですので、私を含めて、誰も見ておりません」

土門は中の文章を一瞥して、

「こりゃまずいわ……」と呟いた。

「潜水艦はシュレッダーを積んでいたよな。すまんがズタズタにしてくれ。余計な命令がひとつ加わった」

土門は通信文の処分を見届けると、二番艇に乗り移った。植田はずぶ濡れになって、ボートの舫いを握っていた。

「べつに言うことはない。成功を祈っている」

「ああ、あとのことはよろしく頼む」

二人の親友には、それで充分な会話だった。オールを漕いで絶壁下のテラスへと進む。風が出ていた。月はなく星灯りを頼りにボートを漕いだ。眼前には、見上げるばかりの暗黒の壁が立ちはだかっていた。

一番艇から、黒い影がテラスへジャンプし、二、三メートルひょいひょいと岩場を飛び移って、ボートの舫いを確保した。最初の六名が乗り移り、一番艇は、装備を積むために急いで潜水艦へと戻った。

いざテラスに近づいて見ると、写真で観るのとは大違いだった。水平というにはほど遠く、中にはいく筋ものクラックが走っていた。一番艇の六名は、すでにフェイスに取り付いていた。

「えらい所に来ちまったな……」

荷物が届くと、伸縮性と耐摩耗性に優れたクライミング・パンツを穿き、ブーツをクライミング用のフラットソールに履き替えた。土門は、念のためシグ・ザウエル・ピストルを腰のホルスターに装備していた。ごてごてした装備で登るのは最悪だった。ヘルメットもなし。腰の後ろに、滑り止めに使う炭酸マグネシウムのチョーク・バッグ。ロープに腰を固定するハーネスには、ストッパーやフレンズが大中小二〇本ばかりぶら下がっている。回収しながら昇るために、それぞれ蛍光テープが巻き付けてあった。ロープまで含めると、あとから引き上げる銃器を除いても一〇キロ近くの重みはあった。

「最初は岩崎がトップを取る。スラブへ出たところでひと休みだ」

岩崎は、三〇メートルロープをたすきに掛けると、はや五メートルばかり登って、最初のフレンズをクラックに押し込み、セルフビレイを確保した。スターライト・ゴーグルは、頼りにはなるが、岩にへばりつく時邪魔になるので、着用してなかった。

人間の軀は、密着しようとする物体に対しては、離れようとする本能が働く。クライミングの技術は、どれだけ岩に軀を密着させられるかだった。

岩崎は一〇分ほど要して、二〇メートルの楽なフェイスを登り、テラスでセルフビレイを確保し、ロープを下へ投げた。続いて土門が、岩崎が確保したフレンズを頼りに登り始めた。

その一〇〇メートル上のコテージでは、ダン・イヴリ少佐が戦闘準備を整えていた。童顔の日本人を見下ろしながら、軽蔑しきった眼差(まなざ)しで、「子守りはご免だな……」と呟いた。

「私なら迷惑は掛けない。それとも、このまま自衛隊の奇襲攻撃を受け入れてよかったのか？」

「空挺作戦なら、たやすく撃退できる。私はねぇ、坊や、あのイスラエルで対テロ特殊部隊を率いていた。報酬はなかったよ。だから鞍替えしたが、高給を取っているだけの仕事はしているつもりだし、するつもりだ」

隣の部屋から女の喘ぎ声が聞こえて来る。日本人は眉をひそめた。

「素人の娘は久し振りなんだ。大目に見てやるさ。ロイドは君がお気に入りだ。おこぼれを貰えばいい」

「人質の女子大生にコカインを打ってかね？　俺はご免だ」

「おや？　いつのまにか宗旨変えしたらしいな。君は薬がなきゃ、セックスできないってもっぱらの噂だぞ」

男は、顔を真っ赤にしながら怒りを抑えた。

「誘拐した女に薬を打つような真似はしないと言っているんだよ！　僕は。それに、僕は自衛隊が攻撃してくる前に人質を解放するようミスター・サマーと交渉に来たんだ」

「ロイドはそうは思っちゃいないぜ。あんたも人質のひとりだと考えている」

「冗談じゃない！」

「とは言え、パイパーは帰っちまった。ヘリじゃ八丈島までしか飛べん。ボートで逃げるかい？」

男はついに堪忍袋の緒を切った。ソファから立ち上がるや否や、右手のボディブローを繰り出した。イヴリ少佐は、ひらりと身をかわし、勢いのついた男の背中をポンと右手で押した。男はそのまま絨毯に倒れ込み、のろのろと立ち上がった。

「僕のことをバカにするのはやめろ！」

イヴリは、男の胸倉を摑んで起こした。

「坊や。俺はお前みたいな甘えん坊を見るとヘドが出る。お前が十八歳で、大麻で遊んでいた頃、俺は軍隊にいた。毎日ゴラン高原でパトロールしていた。お前がコカインの味を覚えた頃は、アラブのテロリストと戦っていた。俺は、篠田という男が好きだ。あいつは、闘うということの意味を知っている。お前は何だ⁉　親や組織の後ろ盾がなきゃ、何ひとつできんじゃないか。男にはなぁ、生きるべき場所があるんだ。もしやる気があるなら、フラットで人質の監視に当たれ」

イヴリ少佐は、すでにこの島は監視されていると考えていた。Xバンドレーダーはフルタイム稼働していたので、たとえひとりでも落下傘降下での侵入を図れば即座に判明する。だが、潜水艦でワッチしている恐れもある。日本政府は、その朝にはもう犯人グループが緑魔島にいることを知っていた。とすると、昨晩、ここの警備が手薄だった時に、すでに潜入した可能性もあった。

イヴリは一階のラウンジに降りた。戦闘服姿の傭兵たちが集い、ある者は食事、ある者は銃の手入れに励んでいた。いつもはクラックでラリっている連中も、今はしゃきっとしていた。連中にとっては、戦争はいかなる麻薬にも優る覚醒剤だった。

「ジョーダン軍曹。今朝のパトロールは異常なかったか？」

腹の出た男が食事の手を休めて姿勢を正した。

「はい。〇六・〇〇時。ドーベルマンを連れて島を一周しました。人間ひとりとして侵入した形跡はありません。少なくとも海岸線からは。夕方以降、ベルカッティ伍長がドーベルマンを連れて船着き場をパトロールしております。呼び出しますか？」

「いや、いい。皆んな聞いてくれ。日本政府は、自衛隊の投入を決めた。決行は午前二時。空挺作戦だ」

男たちは、食器や銃を鳴らし、雄叫びを上げた。

「パラシュートでひらひら降りて来るか、ヘリコプターでのこのこやって来るか解らないが、連中に戦争の何たるかを教育してやるいいチャンスだ。思う存分暴れてくれ。ロイドは、ボーナスを出すと約束した。今夜ひと晩の戦闘に、各自一万ドル。殺害確認死体ひとつにつき五〇〇〇ドル」

また歓声が上がった。

「やるだけ暴れまくって、素早く脱出する。退路は心配するな。食事が終わった者から配置に就いてくれ。たぶん事前に爆撃機の一機も飛んで来るだろう。軍曹、兵員の半分を滑走路周辺に、残りをコテージに残してくれ」

「了解であります」

「少佐殿は、女の味見はよろしいんですか？　少佐が先に片付けてくださらない限りは、われわれが汚すわけにもいきませんからね」

「私はいい。いざという時、パンツを下げたまま死にたくはないからな。やりたい奴はさっさと片付けろ」

「生娘（きむすめ）がいるとかいう話でしたか？」

「篠田の話によると、そういう場所では選ばなかったそうだ。なんでも、商売女の養成学校と区別が付かんような学校らしい」

ブーイングが起こった。

イヴリ少佐は、談笑の渦を抜けて外へ出ると、滑走路の陣地をチェックするためジープのエンジンを掛けた。

篠田は、夜明けまでに、三五名の傭兵と施設管理員総てを脱出させると約束した。彼が提示した条件は、ただひとつ。滑走路をクリアな状況に保てというものだった。奴のことだから心配はいらないが、コテージの維持ならともかく、遮蔽物（しゃへいぶつ）もない、面としては膨大な滑走路を守り切るのは、ちと厄介（やっかい）だった。

八丈空港で待機中の《ブルドッグ》も、テレプリンターで鳴海から指令を受け取った。こちらは、通信ボックスに内蔵記憶されている飛鳥の個人識別暗号だけでモニターに呼び出せるようになっていた。

《ユア・アイズ・オンリー》

飛鳥は、通信士も兼ねる間島一曹を席から追い払い、キーボードに五桁の暗号コードを打ち込んだ。命令文の末尾には、佐竹隊長の命令用識別コードもあった。

「まるで執念だな……」

飛鳥は証拠として残すために、ＲＡＭメモリーにその情報を読み込み、自分の識別コードで鍵を掛けた。

「何の命令かしら……」

モニターを消すと、麗子が天井の握り手(ハンドル)にぶら下がりながら飛鳥の顔を覗き込んだ。

《ブルドッグ》のキャビンには、天井や側面と構わず、二メートル置きにハンドルが付いていた。四五度の角度で旋回飛行中、重力と闘いながら機内を移動する乗員を助けるためのものだった。

麗子はパープル色のシルクのスカーフを首に巻いていた。それが、妙にセクシーだった。

「あんたはタグを持っているかい？」

「これのこと？」

スカーフをほどき、麗子のゴムの縁取りがある二枚のステンレスのネームプレートを出して見せた。それには、名前、国籍、生年月日、血液型が英語で彫り込んである。軍人の場合は、これに認識番号が加わるが、もし戦地で死亡した場合、一枚をもぎ取り、もう一枚を、遺体確認のため歯の間に挟むことになっていた。

「なんと二枚もねぇ。まるでピクニックだな」

飛鳥は皮肉げに苦笑した。

「用心のためよ。話をそらしたのは、私が知ってはまずいからなの？」

「いずれ知ることになるかも知らんが、まあ今は知る必要はない。緑魔島でお客を拾って帰れということだ。警察や海保に渡さず、直接取り扱いたいってことだろう」

「私、ずっと気になっているんだけれど、貴男のプライバシーについて質問していいかしら？」

コクピットには、駿河も小西もいた。

「長らく俺にはプライバシーはない。構わないさ」

「駿河さんは、ずっと輸送航空の専門だった。イーグル・ドライバーの貴男がどうしてこんなところにいるのか？　無茶が過ぎたというだけじゃないような気がするんだけど」

「深いわけはない。俺が離婚したからさ。自衛隊は、家庭の問題ってやつに敏感でね。とりわけ幹部自衛官となると、部下の信頼に関わるから。防大時代や、航空学校時代の俺の同僚には、民間航空へ流れて行った者が結構いる。俺の女房は、その四本金筋の機長のご婦人方の優雅な生活を見て、さっさと辞表を書けと迫った。で、俺は叩き出した。俺の商売にいちいち口を出してほしくはなかったからな」

「妻なら、旦那の仕事に口を出す権利はあるわ」

「女房がコクピットに座るわけじゃない。そりゃあ、あんたでも賛成してくれると思うがね。ついでに教えとくと、駿河の家庭も同じ理由で崩壊しかけている。庶民には、欲もあれば悩みもあるということさ」

「悪いこと聞いちゃったわね」

　間島一曹が後部キャビンから帰って来た。

「もう結構ですか？」

「ああいいとも」

　間島は、席に就くなり、天井まで達する警戒システムのコンピュータ・ユニットをチェックし、モニターに外界環境モニタリング・システムの情報を次々と呼び出し、対人レーダーを警戒モードに入れた。麗子は興味深そうにそれを覗き込んだ。

「前方赤外線監視装置（FLIR）とは別もののようね？」

「ええ。これは、陸の連中が持ち歩く八二式地上レーダー装置の改良型です。Xバンドのパルスドップラー装置が機内の六カ所に設置されています。尾翼の後尾、機首直下、両翼の左右四カ所。単独兵なら……、ええとこれだ」

間島はキーボードを叩き、空港ビルに向いたレーダー画像をモニターに映し出した。

「ポツポツ動いてますが、これが人間です。人間なら五〇〇メートル、車両なら一〇キロ先まで見えます。地上に留まることを余儀(よぎ)なくされる時、これで三六〇度を警戒し、動くものがあったら、前方赤外線監視装置で確認します」

「空中でも使えるの？」

「作動はしますがね、こいつは航空レーダーじゃありませんから、コンピュータの中央処理装置(CPU)が付いて来ないんですよ。もしそんなのを三つも四つも積めば、膨大な電源を必要として、戦闘どころじゃなくなる。一方この前方赤外線監視装置は、機長のHUD(ハッド)と連動しています」

「ハッド？」

「ヘッドアップ・ディスプレイですよ。あれで機長が一〇五ミリ砲の引き金を引くんです」

「そっから先は俺が預かろう。座らせてやるよ」

「じゃあ、ほんの二分で結構ですから」

麗子はミーハー気分でレフトシートに収まった。さすがに四発機のコクピットはパイパーやセスナと違って賑やかだった。とりわけ、左側のパネルはユニークな造りになっていた。ムービング・マップ・ディスプレイのモニターと、その上に斜めに向いたＨＵＤがあった。飛行中、その透明アクリルボードには、加速度、速度、高度などの飛行情報の他、もっとも重要な射撃情報が中央に表示される。パイロットは、それを覗くことによって、視界を奪われることなく、操縦と攻撃を同時に行なうことができた。その下のモニターには、黒いカバーが掛けてあった。昼間はともかく、夜間、明るいモニターを見詰めると、光彩の反応を著しく損なうからだった。

「このハッドは、戦闘機のものと違ってちょっとこつがいる。何しろ、正面にあるわけじゃないからな。夜間戦闘に関して言うと、ＦＬＩＲが捕捉した映像を、まずこのイーグル戦闘機と同じ火器管制コンピュータが計算する」

　飛鳥はＦＬＩＲのモニター画面を点けて、カバーを外した。モニターには、真昼の街を白黒のビデオカメラで覗いたような明るい映像が映し出された。

「この赤外線装置は、Ｐ—３Ｃ対潜哨戒機が積んでいるものとまったく同じだ。地上の物質は、どんな無機物でも、熱を持ち、放射する。機首直下と、コクピット左下のセンサーは〇・一度の温度差を読み取り、それを線映像化して映し出す。われわれが観る映像は、低光量テレビのものとたいして変わらないが、それより輪郭がはっきりしている。もちろん、夜間飛行用には、数種の望遠距離を持つスターライト・スコープを使う。俺は、この映像を参考に、地上を観ながら飛ぶ。そして、周辺と色分布が違うところが現われると、HUDの照準還が自動的に追尾し始める」

HUDのスイッチが入れられると、透明ボードに白っぽい文字やサークル図形が浮かび上がった。

「今、HUDの向こうにワゴン車が一台いるだろう。コンピュータは周辺との放射周波数を検知分析し、このサークルが、こいつにロックオンする。俺がホイールのスイッチを押してそのターゲットを承認すると同時に、その目標までの距離を算出し、接近までの時間も投影する。そして目標には、常に四角いボックスが重なる。俺は、この照準レクチルがボックスに重なるよう機を操る。その間じゅうコンピュータは、目標と《ブルドッグ》の相対距離や加速度がもたらすバイアスを計算補正し続ける。そして、照準レクチルが重なった瞬間、重さ二〇キロの一〇五ミリ砲弾が自動発射される。二〇ミリ機関砲でも同じことができる。早い話、この《ブルドッグ》のセンサーは対潜哨戒機並みで、その攻撃コンピュータは戦闘機並み、攻撃力は戦車並みというわけだ。陸海空の一線兵器から一番おいしいところを戴いた。砲自体も、油圧により、上下左右角度二〇度の範囲内に動く。一方攻撃中、右翼側の壁は天井になる。歩き回るのは無理だ」

パイロットのシートは、いずれも左側の腰の辺りだけ頑丈な肘掛けがあった。

「飛行特性も違うわけね？」

「そう。左旋回専用機と言ってもいい。バランスも悪い。視界を確保するために、コクピット左下にもウインドウがある。下側の窓から見えるはずだ、左翼側にポツポツ穴の開いたプレートが機体に密着しているだろう。攻撃時は、それを開いて一〇五ミリ砲の発射モーメントを打ち消す。まあ、何にせよ癖のある飛行機だよ」

麗子は名残り惜しげに席を立った。

「確か警視庁はヘリコプターで女性パイロットの養成に踏み切ったんですよね。自衛隊もそろそろ女性に門戸を開いたらいいんじゃないですか？」

「整備畑にはいっぱい女がいるよ。彼女らは優秀だ。なあ機付き長？」

「ええ。連中は、大方（おおかた）の男より頭がいいし、よく気が付く。私は差別はしませんよ」

小西曹長は、機内電力の消費をチェックしながら答えた。

「さしでがましいようですけれど、そんなに結婚したければ、中からとりわけ優秀な娘を口説けばいいじゃないの」

駿河が聞き取れないほどの声で小さく失笑した。

「審理官殿。私はまだ三十歳ですし、士官でもありませんが、これでも現場にあっては、誰よりも先に二、三〇センチの厚みを持つ英文の技術仕様書を何冊も読破し、高校出たての連中に教えなきゃならない立場なんです。生徒に手を出すのはご法度(はっと)です。貴女だって、男性の部下と接する時は気を遣(つか)うでしょう?」

「ま、それはそれとして、このレフトシートに女が辿り着くまでには、まず防大が女に門戸を開き、連絡機のパイロットとして登用されてと、十年はかかるだろうね」

麗子はそれで満足した。この《ブルドッグ》のキャビンにあっては、互いが互いのプライバシーを尊重し、適当に茶化すことで、微妙なチームワークが保たれているような気がした。

麗子は山の手で生まれ、海外で育ち、つき合う人間といえば、本人の名前より先に親や家系の話が出て来るような連中ばかりだった。彼らは、感情を隠すことを美徳とし、プライバシーは、オブラートに包まれていた。その中では、常に警戒を必要とし、口を開けて心の底から笑うことは許されなかった。《ブルドッグ》に乗って以来、ずっと気分の高揚を感じていたが、それは普通の人々と接し、ただの人間として扱われたことの、魂を解放された喜びに違いなかった。どこか気がふれたような連中だが、憎めない男たちだった。

6章　断崖の滑落

　土門と岩崎、そして対馬から駆け付けた矢部の三人は、卓袱台ほどの大きさもない段差のあるテラスに直立していた。セルフビレイのフレンズをクラックに取り、片手はほんの僅かの岩の突起を摑んでいた。もう片方は、ポカリスエットの缶を握っていた。唇を湿らせる程度で、三人で回し飲みした。

　下には、残る九名が数珠つなぎになっていた。

「昼間なら、さぞかし眺めがいいんでしょうね」

「まだ半分も登っとらんのだぞ。さてと、ここからは俺がトップを取る」

「隊長、一番おいしいところを取りましたね」

　真上には、三〇メートルに達するのっぺりとしたスラブがあった。土門はスターライト・スコープでそのすべすべした壁を眺めた。ほとんど垂直のため、ほんの数メートルしか視界に入らなかったが、東北美人の頰を思わせるような滑らかさだった。その中にひと筋、鉄の爪で引っ掻いたようなクラックが垂直に走っている。

　写真分析と師匠から借り受けたデータによれば、もっとも狭い箇処で幅二センチ、広い場所で一五センチになる。長い間の浸透活動で出来た裂け目だった。左へ一〇メートルばかり離れたところにもう一本似たようなスラブがあるが、その他、ここから取り付き、頂上へ至るルートには、手掛かりになるようなものはひとつもなかった。

　高度な登山方法は何もない。クラックに入れたほんの数本の指でただひたすら全体重を支え、爪先（つまさき）を割れ目に引っ掛け、懸垂（けんすい）で登るのみである。その時、手足の総ての支点は、クラックに沿って一直線になる。人間は、誰しも四つん這いで歩いていた時期はあったが、猫のように物干し竿（ざお）を渡るような芸もバランス感覚も持ってはいない。それを歩くどころか、登るというのは、明らかに自然の摂理に反することだった。

　土門は、フラットソールに入念にチョークを塗りつけると、セルフビレイをチェックした。ビレイは、五〇センチ置きに、常に二本確保することにした。本当は三本まで確保し、下の一個を外して上のフレンズやチョークに付け替える時でも、二本のビレイを確保できるようにしておきたかったが、今はそんな余裕はなかった。

　可能な限り身軽になると、フーと息を吐き、最初のフレンズを、頭の上のクラックに差し込んだ。カラビナのロープを通し、今まで確保していたストッパーからロープを引き抜いた。そして息を溜め、右手の指を胸の高さのクラックに差し入れた。

　三〇メートル。フェイスへ抜けるまで、休息場所はなかった。

　潜水艦『ゆきしお』の植田艦長は、夜間潜望鏡（ナイト・ペリスコープ）の対角度を上げ、固唾（かたず）を呑んで見守っていた。まるで、砂糖の山に取り付いた蟻の群れみたいだった。頭を上下左右に振り、腕を伸ばしては引っ込める姿は人間というより昆虫だ。

「向こうは楽しんでいるんだろうが、こっちは冷や汗もんだ……」

「コーヒーでもお持ちしますか？」

　副長が同じくモニターを見詰めながら呟いた。

「胃薬も一緒に頼むよ」

　副長はインターカムを取り、調理場と医務官に、そのオーダーを伝えた。

「ご一緒に登られたことはないんですか？」

「うん。防大を出てから一度、同期が集まって白馬（はくば）へ登ったことがあったよ。防大時代は、今の部下思いの奴から想像も付かん孤独癖（こどくへき）の男だったな。家庭があんまり裕福じゃなくてな、大学の学費を払えずに防大へ入った。軍人なんて、似ても似つかん男だったよ。世間をすねていた。長距離選手。いつもひとりで勉強し、ひとりでトレーニングしていた。防大じゃ、皆んな部活を義務づけられるが、そんな奴を見兼ねた教官が、陸上部から山岳部へ引越しさせた。山との出会いが、奴の人生を変えさせた。見違えるように逞（たくま）しくなったよ」

　ペリスコープの中の土門は、五分を要してようやく五メートルを登っていた。

「人生てのは、解らんもんさ。どこに転機があるかまるで予測がつかん。俺の親父は、そこそこ名の通った上場会社に勤めていた。工場町の丘のなだらかな斜面に社宅があって、頂上に専務取締役殿が住んでいる。高度が下がるにつれて部長、課長と続くのさ。頂上への一本道には、毎年年始に長い列が出来る。裾野に住む社員一同が、晴着姿の家族を連れて年始回りさ。親父は定年になるまで、人に頭を下げっぱなしだった。俺はそんな会社社会に嫌気がさしていた。ある日、貨物船しか来ない町の港の沖合いに、真っ黒な船体をした奇妙なフネが泊まっていた。米軍貸与の『くろしお』だったよ。ムラ社会しか知らなかった俺にとっては、衝撃だった。チャリンコを転がして港まですっ飛んで駆け付けたよ。今でも覚えている。雨が降っていた。突堤に佇む戦中派のジイさんが、物知り顔で、あんなもんは人間が乗るフネじゃないって呟いていた。あの日決めたんだ。いつかこの息が詰まるような街を捨て、あのフネに乗ろうとね」

「人間が乗るフネじゃないってのは、私も賛成ですね」

「クライミングだって、人間がやることとは思えんがね。人は希望が欲しい時、人間の可能性は無限だと信じるものなのさ。俺が防大にいたのは、ベトナム戦争たけなわの時代でね。皆んなベトナム行きを覚悟して防大の門をくぐったが、妙なのばっかりが集まっていたな。空さえ飛べりゃあ、そこがベトナムだろうが、中東だろうが、構やしないって奴もいたよ。そいつは、先輩を飛び越えてイーグル・ドライバーになりはしたが、無茶が過ぎて出世を棒に振った」

その男が作戦の中核にいることを植田は知らされてなかった。

土門に続いて、二人目がスラブに取り付いた。もしトップを取る土門が落下すれば、後続を二、三人巻き込むに違いなかった。植田は鳩尾の辺りをさすりながら、ペリスコープのアイピースの中で瞬きした。援助する術がないだけに、歯痒い監視任務だった。


地下鉄東西線の南行徳駅を降りて徒歩数分のマンション。最上階の五階の部屋の窓辺に篠田は佇んでいた。そのマンションは南に面しており、東西に細長い施工からすれば、当然南側に住居スペースを取り、北側はドアが並ぶ通用フロアーになるはずだった。しかし、篠田は、マンションの施工を請け負った帝国建設の下請け会社に、北側にリビングの窓を設けるよう強硬に主張した。

窓から望む西、北、東にまで、五階建てのマンションが建ち並んでいた。

篠田は、マンションの群れに囲まれた一戸の二階建て住宅を見下ろしていた。昔、一度だけその家を通り掛かったことがあった。そのころ、北、西、東には一戸建て住宅が建ち、このマンションが建つ場所は、さら地の駐車場だった。文字どおりの閑静な住宅街だった。

一日じゅう、たとえ真夏でも陽が射すことのなくなった家の灯りは、つい十分ほど前に消えた。

篠田は、それからもしばらく薄暗いマイホームの冷たい屋根を眺め続けた。

「そろそろ出掛けよう。お前らは、先に行け。もし俺が三日以内に合流しなければ、俺は死んだと思ってくれ。たいした額じゃないが、退職金がお前たちの偽名口座に入るよう手配してある」

「じゃあ、俺たちゃ先に失礼します」

篠田は絨毯(じゅうたん)の下から、二通のパスポートと、三通の運転免許証、国際運転免許証を出した。パスポートの一通は、日系アメリカ人のアメリカ国籍のものだった。顔に変装の化粧を施(ほどこ)し、ソフト帽を目深(まぶか)に被(かぶ)った。警官隊のために、メモを残した。部屋に鍵は掛けなかった。遅かれ早かれ、警察はここまで辿り着くだろう。奴らに教えてやることはあっても、隠すべきことはなかった。

地下の駐車場から赤いジェミニを出す。ここへは、月に二、三回しか来なかったが、車のガソリンは切らさないよう常にチェックしていた。

車を出してコーナーを曲がった所で、パトカーが赤色警告灯を点滅させていた。白いヘルメットを被った警官が反射式合図灯を上げて停止を命じた。

篠田は軽くブレーキを踏み込み、警官の手前一メートルほどで止まるとウインドウを下げた。

「ご苦労様です」

「今晩は、ちょっと免許証を拝見できますか？」

篠田は、ジェミニのナンバーと同じ横浜が住所の、偽造した免許証を提示した。

「何か事件ですか？」

「いえ。この地区では、このところ放火事件が続いていましてね……。横浜のお住まいですね。こんな時間にまたどうして？」

「幕張のホテルに知り合いを送り届けた帰りですよ。大昔、恋人だった女性が、この近所に嫁ぎましてね、せめて、台所に立つシルエットでも観られればと思いまして……」

警官は慰めの表情を浮かべて免許証を返した。

「お会いできましたか……」

「いえ。たぶん、寝んだあとでしょう。灯りが消えてました。まあ、それが人生ってものですよ……」

「そうですな。お気をつけて」

警官が敬礼すると、篠田は軽く会釈してアクセルを踏み込んだ。もう二度と来ることはあるまいと思いながら。

　警視庁では、調布から篠田のオフィスまでの麻薬の運び屋を務めていた加藤の正体がようやく判明していた。

「加藤ではありません。河東と書いて、カワトウと読みます。皆んながカトウと読むので、いつのまにかそうなったようです。前科四犯。いずれもチンケな経済事犯です。横浜は緑区の住人で、つい十分前、警官隊が押し入りました。女はいましたが、本人は三日前からとんずらしています」

「手掛かりがあるはずだ。そこから辿るしかない」

「はい。神奈川県警のベテラン捜査官が二〇名ばかり部屋へ上がって捜索を始めました。じきに何か判明するでしょう」

　弓月が報告を聞く傍らで電話が鳴った。

「うん……、中野？……。その一軒だけですか？　解りました。そっちは引き受けます。引き続きよろしく」

　部下がアドレスを書いたメモを差し出した。

「背広のポケットに、水道料金の領収書があったそうです」

「千葉じゃないのか……」

「あれは偶然ですよ……」

「いや、そうじゃない」

弓月には、確信があった。奴には、千葉に行かねばならない用事があった。誰にも、女にすら報せていない隠れ家（セーフハウス）があったはずだ。女?……。弓月は自問自答した。そう、この事件の鍵は女だ。

弓月はポケットをまさぐり、昼間会った新聞記者の名刺を探し出した。会社に電話を掛けると、もう帰宅した後だった。自宅の電話を聞いて掛け直した。

「行方不明になった金児（かねこ）さんでしたっけ……。ご両親の自宅はどちらかご存じありませんか?」

「確か、千葉でした。市川（いちかわ）」

大当たり（ビンゴ）!……。

「住所が解りますか?」

「ええーと、昔の住所録ならあると思いますが……、電話を繋ぎっぱなしでよろしいですか?」

「構いません」

弓月はその間に、パトカーと、市川市の市街地図、空撮ビデオを準備させた。結局、住所録が見付かるまでに一〇分を要した。

「市川市欠真間（かけまま）……、南行徳ですね。これは」

市街地図に、『金児』と書かれた一角を捜し出した。空撮ビデオもその場所を探し出す。四方をマンションに囲まれた窮屈な一軒家だった。

「間違いない。千葉県警に連絡しておけ、行くぞ！」

覆面パトカーの後部座席で、部下がサイレンに負けぬよう声を張り上げて「どうしてそこだと思うんですか？」と尋ねた。

「俺が奴なら、そうするからさ。あの家を見ただろう。四方をマンションに囲まれている。あれはきっと篠田が建てたものだ」

「まさか⁉」

行徳へ入る前にサイレンを消し、赤色警告灯も引っ込めた。南行徳駅から北へちょっと入ったところの不動産屋の前に、千葉県警のパトカーが止まり、警らの警官が待っていた。不動産屋の事務所にはカーテンが引いてあったが、恐らく経営者だろう。頭の禿げ上がった男が寒そうに両手を揉みながら突っ立っていた。土地に詳しい不動産業者を確保するようパトカーの中から要請したのだった。車を止め、弓月は事務所の中へと、入った。

「すみません、夜分急に」

「いやいや、何せここいらで土地に一番詳しい人間となると、私をおいて他にはおりません。他所へ行かれちゃ、私の名誉に関わりますんでね。で、どこぞの誰についてお知りになりたいんですか？」

事務机の上に、透明ファイルに挟まれた住宅地図があった。弓月は、その一点を示した。

「ご存じですか？」

「ああ、金児さんですか……」

旦那は頭を掻きながら嘆じて呟いた。

「かれこれ十年前、息子さんが新婚旅行中、アメリカで奥さんともども行方不明になりましてな。それ以来、なーんもええことはありゃしません。浪人や留年を重ねて、ろくなガキじゃありませんでしたが、親ごさんは猫かわいがりしてましして、ショックが大きかったんでしょう。まるで抜け殻ですわ」

「この四棟のマンションについて知りたいんですが。施工主はどこですか？」

「南側はアーバンメゾン、道路一本挟んだ東側はサンライズ、金児さんちの北は、ユートピアハイム、その西側はウエスト・ビレッジ。マンションの名前どおりの不動産会社ですよ。いずれも五年前出来まして、うちは、南側のアーバンメゾンの物件を何件か扱っています。と、ここまでが、尋ねて来た普通のお客にする説明です。大手のデベロッパーが、こういう閑静な住宅街でマンション開発をやる時に、住民感情を逆撫でしても怪我せずに済むよう、名前を隠し通すことがあるんですよ。もちろん、信用ある名前が前面に出ないということで、若干不動産価値が下がりますがね。この場合は、じつは四軒とも、同一の施工主という噂があるんです。帝国建設……。何しろ、四棟が密集してますし、またヤクザを使った地上げが情け容赦なかった」

「なんで金児さんちだけが残されたんですか?」

「そりゃ刑事さん。行方不明になった息子さんが、ある日ひょこっと帰って来るかもしれんじゃないですか。まあ、私は、向こうでアブナイ遊びにでも首を突っ込んで、砂漠にでも埋められたんじゃないかと睨んでますがね。そっち方面は、かなりルーズな坊やでしたから。だけど、ご両親としちゃあ、たとえ殺されたって動くわけにはいきませんよ。もっとも、今じゃ、金児さんちには、買い手は付きません。四方を軒先まで五階建てのマンションに囲まれちゃあ、誰もあんなところに住みたいとは思いませんよ。リビングルームの窓から、五〇センチと離れていない所に、コインランドリーの排気ファンが唸りを上げているんですよ。せいぜいがさら地にして駐車場ですが、それだととても採算が取れない。いくらこんな一等地でも、私は買うのはご免ですね」

奴が住むとしたら、もちろん金児家の居間を見下ろす南側のアーバンメゾンだ。

「アーバンメゾンに変わった住人は住んでいませんか?」

「変わったというと?」

「水商売の女や、滅多に気配がない住人ですよ」

「水商売の方が二組いらっしゃいますが、どっちも所帯持ちですな。そうそう、一番上の地権者らに売り渡されたフラットに、ひとり妙な住人がいましたな。横浜の人間でしたが、書斎代わりに使うとかで、建築当時から入ってました。歳は三十前後ですか。赤い車を駐めっ放しにしてましたね」

「ひょっとしてジェミニじゃありませんか⁉」

　警官の顔色が変わった。

「ええ。まあ、どこかの成金が、愛人でも囲う目的でコネで買ったんだろうと思いますけれど。妙と言えば妙ですな」

「職質しましたよ！　さっき」

「ちょっと来い」

　弓月は警官を促して外へ出た。

「いつ頃だ？」

「ええと……、一時間は経っていません。われわれは、連続放火事件の警戒でここにいたんです」

「ナンバーは控えたか？」

「いえ」

　だが、警官は篠田とおぼしき人物と交わした会話を再現してみせた。

「赤いジェミニを緊急手配してからコーナーを全部固めろ。パトカーだろうが制服だろうが構わん」

弓月は覆面パトカーのリアボックスから、ピストルのホルスターを取り出し、中の自動拳銃だけを抜いてポケットに入れた。

「俺たちが、歩いて押し入る。手下がいるかもしれん。いざという時は、援護を頼むぞ」

ほんの二、三分歩くと、アーバンメゾンの洒落た入り口に近づいた。管理人はいず、電話番号だけが記してあった。郵便ボックスの五階の列には、四部屋並んでいたが、そのうち三つは所帯持ちのようで、名字の次に、名前が二つから三つ並んでいた。五〇二号室だけが何の表示もなかった。

「ここだ」

エレベーターへ直行する。中で、弓月はブローニング・モデル10の安全装置(セフティ)を外し、薬室に一発送り込んだ。

「向こうは、マック11を持ってるんですよね……」

「いまさら考えても始まらん」

足音を忍ばせてドアに近づく。ノブをゆっくりと回す。どこかで引っ掛かるだろうと思ったが、最後まで回り切った。ドアをほんの少し開いて中に入る。部屋には灯りがあったが、玄関に靴はなかった。ブローニングを構えたまま部屋の中のドアというドアをチェックした。便器の蓋まで調べて、弓月はようやく安心してブローニングを仕舞った。北側の窓が開いており、その下にレポート用紙が一枚落ちていた。

『その窓から見える風景が、私にとっての潜在意識を再プログラムしてくれる。ブロウ・チャーリー』

「どういう意味です？……」

「さあな。あいつの復讐は、アメリカじゃあ終わらなかった。それだけは確かだ」

窓から下を見下ろすと、真下の家は今にも圧し潰されそうだった。日の光どころか、そよとも風が吹かないビルの谷底だった。

「何のつもりですかね。こんなことして」

「都心まで電車で二〇分。俺たちから見りゃあ、何てことはない郊外のチンケなマイホームも、田舎から出て来た小娘にとっちゃあ、白亜のお城だったのさ。これが女を誘惑し、なりふり構わない阿漕な恋愛に走らせ、幾人もの人生を狂わせた。どうかしているよな……」

「とはいえ、しがないサラリーマンでも、これだけあれば億の担保価値を生む。たとえ姑付きでも、その価値は大きいですよ。とりわけ地方から出て来た娘にとってはね。男をひとりやふたり生贄にするだけの価値はある」

「篠田はよほど、自分を弄んで裏切った二人が許せなかったんだろうな。残された家族にまで、一生の苦痛を与え、それを見物することで、傷口を癒そうとした。奴の言う再プログラムは、復讐の繰り返しだよ」

「でも、結局彼は、この四カ所を地上げしたことによって、儲けたんですよね」

「ああそうだな。女のほうの、旧姓が高島なんとかって言ったっけな。実家の住所を至急調べろ」

「なんでですか?」

「忘れたのか? 女は篠田の住所録に、わざと自分の実家の住所を書いたんだ。フィアンセの嫉妬を掻き立てるためにな。俺が篠田なら、女の実家には、それ以上の報復をする」

丁度その頃、中野のマンションで麻薬の運び屋が逮捕されていた。肝心の篠田は、すでにジェミニを捨て、ボルボのステーションワゴンで東名高速に乗っていた。

土門が取り付いているフェイスは、角度にして九〇度を超えていた。両手で岩の突起にぶら下がっていたが、足場を確保できているため、それほど腕の筋力に頼らずに済んだ。その真上には、一六〇度に近いオーバーハングがあった。土門の位置からは、もう空を仰ぎ見ることはできなかった。

真下を見下ろすと、蜘蛛の子が巣を蠢き昇って来るように、のろのろと人間が動いていた。左腕をちょっと捻ると、蛍光時計の文字盤が十一時を指していた。ここまでは、トラブルなしだ……。

まだ最後のトレッキングが残っていた。ロッククライミングでは、真横への移動をトレッキングと呼ぶが、滑落した時に、真下ではなく、振子が弧を描くように斜め下へと滑落する。だから、直登とは違う危険を孕んでいる。最後にトップを取る矢部二尉は、すでにトレッキングの準備に入っていた。

「八〇メートル登ったあとの一〇メートルはきついぞ……」

「まあ、気楽にやらせてもらいますよ」

矢部は、セルフビレイを真横に取りながら蟹の横這いよろしく移動し始めた。土門は、そのまま被り部分のクラックを探して、一メートルほど上下左右に右手を動かした。今ひとつ、サイズの大きいストッパーを引っ掛ける場所が欲しかった。四つの支点、すなわち両手足のうち、必ず三つをどこかに密着させておく三点確保で、ほんの少しずつ上方へ移動した。

適当なクラックを二本見つけ、それぞれにストッパーを押し込む。そこからカラビナを通して二本のセルフビレイを、さらにカラビナを使って途中で一本にし、ハーネスの真ん中に付けた大型のカラビナに通した。そうすることによって、万一滑落した時、自分の軀がどっちに振られようが、力は、二本のストッパーに均一に分散される。

「岩崎、そっちのビレイはどうか？」

「十年前打たれたボルトがあります。状態はいいみたいですが……」

「開いた穴から塩水が染み込んで中は脆くなっているはずだ。他にないか？」

「この高さにはありません」

「しょうがないな……。俺のビレイと直結しよう」

「一蓮托生ですよ？」

「どうしてです？」

「贅沢を言うな。どうもこのフェイスは気に喰わん」

「臭うんだよ」

『ゆきしお』の植田は、ペリスコープを離れ、艦長席にすわったままで頭上のモニター画面を見詰めていた。発令所は灯りが消され、副長がサイド・スキャン・ソナーの映像と昼間潜望鏡、海事無線標識の位置決定シグナルを使って小刻みにスクリューと舵を操っていた。部屋の中で輝くのは、各種の機械的なモニター計器だけだった。

「副長、夜間潜望鏡の対角度を、ほんの少し上へ向けてくれないか」

副長が、「アイ……」と応えて移動しようとした刹那だった。モニターの右端から、何かがこぼれ落ちたように見えた。それに続いて右端を移動していた人間が、まるで糸が切れたみたいに落下し始めた。

「なにっ⁉」

植田は、身を乗り出して夜間潜望鏡に取り付いた。矢部がクラックに右手を差し延べた瞬間、驚いた海鳥が巣穴から飛び出した。当然予想すべきだったが、トレッキングに全神経を集中していた矢部は、まったく虚を衝かれた。アッという間に右手が滑り、バランスを失った瞬間、ソールが滑った。土門から五メートル真横へ進む途中、二本のストッパーを確保したが、それらが、バシッ！　と音を立てながら連続して外れた。最悪だったのは、ビレイを確保する土門より、振られた矢部の衝突コース上を登攀中の連中だった。まず、もろに衝突した一人が姿勢を崩し、その下でようやくスラブを脱した一人も、ロープを引っ張られて滑落した。

同時に、矢部のロープは土門を引っ張った。そのロープは、腰のエイト環に通してあった。ロープを確保するための八の字をしたエイト環は、ある程度の制動効果を持つが、それでも数百キロの荷重をスムーズに受け止めるような性能はなかった。軀が引っ張られたせいで、両手がポイントから引き離され、足が滑った。胸の前に確保したフレンズがあっけなく外れる。一瞬にして、土門のエイト環とロープには、一トンを超える荷重が掛かった。二本のストッパーは耐えたが、クラックのほうが持たなかった。岩が割れ、まず右のストッパーが、ヒューンと風を切って、土門の耳元を掠めた。続いて左のストッパーが外れる。だがこちらは、土門の落下に引っ張られただけで、ゴム紐のように返って来ることはなかった。落下した瞬間、土門は真下の岩崎を巻き込まぬよう、壁を蹴った。もっとも、その岩崎とて、一本のロープで土門とつながっていたので、文字どおりの一蓮托生だった。四人が、団子状になって落下した。土門のエイト環が引っ張られて、グイと腰がよじれる。もやはこれまでと思うと、一瞬意識が薄れかけた。

植田はペリスコープのゴーグルに食い入りながら、

「なむさん!……」と呻いた。

「救助班用意!」

「浮上しますか?」

「いや、まだだ。様子を見る」

たった一本のロープに、男たちが死人のようにぶら下がっていた。

気がつくと、真上から岩崎が見下ろしていた。土門はまず、自分の軀をチェックした。あちこちにひどい擦傷がある。厭な臭いが漂っていたが、あれは海鳥の巣穴の臭いに違いなかった。スーツはボロボロだった。出血もしている。だが、骨折はないようだった。周りで気絶している男たちを起こそうかと思ったが、まずは自分のセルフビレイを確保するのが先だった。ロープがぼろぼろに擦り切れていたので、新しいロープを使わねばならなかった。

のろのろと両手を動かし、使っていないミニサイズのエイト環に八ミリ径一メートルのロープを通し、近場のクラックにフレンズを押し込んだ。作業しながら、なぜ滑落が止まったのかを考えようとした。四メートルほど離れた真上にいるのは、岩崎ただひとりだった。すると、岩崎は、おぼつかないストッパーで、本人を含めて五人もの荷重を支えていることになる。

「岩崎！……。お前のビレイは何で無事なんだ⁉」

「ご挨拶じゃないですか隊長。ボルトですよ。十年、ここで潮風に耐え抜いた」

「そんなバカな⁉」

「バカも何も、今俺たちを支えているのは、直径一センチのボルト一本です。たぶん、被りの真下で風雨にさらされることなく、劣化しなかったんでしょう。もっとも、いつまで持ち堪えるか俺は知りませんけどね」

「帰ったら、御仁に一杯奢らなきゃなるまい。お前もぶら下がっているのか？」

「ええ。ですが、解除できます。今やっているところです。そっちはどうです？」

「僕は大丈夫です」

矢部二尉が、土門の真下から返事した。矢部のアタックを受けた二人も、何とか無事なようだった。

「よし、皆んな慎重にリカバリーしろ。それから傷の手当てだ」

団子状に転落した男たちが、ゆっくりと距離を取りながら動き出す様を、植田は冷や汗を掻きながら見守っていた。

「どうにか、無事のようだな……」

「そうでもありませんよ」

副長が、モニターの上辺を指し示した。『ゆきしお』の位置からは、オーバーハングに邪魔されてコテージはまったく見えないが、そこから漏れる灯りが微かに観測できた。その被りの上の方に、断続的にチラチラする灯りが近づいた。

植田はインターカムを毟り取った。

「こちら艦長、クライミング班へ警告する。通信つなげ」

土門が持っている超小型受令器が無事なことを祈った。

「スパイダーマン、スパイダーマン！　蛍が飛んでいる。蛍が飛んでいるぞ」

モニターの中で、土門が解ったというふうに右手をゆっくり伸ばし、親指を立てた。男たちの動きがピタリと止まった。被りの上にマグライトの光りが現われた。それはいったん北側へ移動し、南端へと帰ってから消えた。植田はそれから二分待った。

「スパイダーマン、蛍は消えた。幸運を祈る」

まったく、あいつらには幸運以上の助けが必要だ。

警視庁の地下取調室は、今夜だけ大賑わいだった。中野で逮捕された河東晶は、黙秘こそしなかったが、罪は認めなかった。弓月が南行徳から帰るまで、ふてぶてしい態度で、四課の捜査官に接していた。

「俺はね、刑事さん。ただ毎週、調布飛行場から、お客のトランクを四つばかし、都心の事務所に運んでいただけですよ。中身が何だか知っちゃあいない。興味も持たない。何しろ宅配業者ですからね。お客のプライバシーは守る」

「じゃあ尋ねるが、報酬はいくらだ？」

「一回につき一〇万ってところですな」

「随分な額じゃないか？」

「そりゃあ商売ですからね。こっちは、報酬が大きいことに文句を言う筋合はない」

「正直に言うが、俺はお前に興味はない。知ってることを全部吐けば、朝には帰してやってもいい。お前の客はどんな男だい？」

「篠田ですか？　蛇のようにしつこい男ですよ。爬虫類のように冷たい。それでいて、妙に道徳的なところがある。まあ面倒見はいいわな」

「何を見てれば、そんなふうに両極端な姿が出て来るんだね」

「冷たいってのはねぇ、女に対してです。ある日、楽しそうにお茶を飲んでいて、もうお前は用なしだ、お前には飽きたってポイと捨てるんです。どうも、その時の女の反応を楽しんでいるふしがある。つまり、女を破滅させるのを。ありゃねぇ、たぶん昔、相当女にひどい目に遭わされたことの腹いせだって噂ですぜ。それに、裏切った奴は絶対に許さない。一度欺かれたと解ったら、途端に人格が変わって、相手が半死になるまで痛めつける。肉体的だけじゃなく、物心両面で復讐する。なんでも、あいつを裏切って結婚した夫婦もんが、あまりにしつこい厭がらせに耐えかねて心中したとも聞きますがね。いつもは、社員の田舎に、わざわざ自分で選んだ中元や歳暮を届けるような人間なんですがね」

「お前は篠田オフィスに出入りして半年になる。手下というか、まあ、いうところの社員が知らず、お前だけが知っているという情報はないのか？」

「奴は、高飛びしたんでしょう？　刑事さん。奴は捕まりませんよ」

河東はニヤリと笑った。

「どうしてだ？」

「さて、ここから先は、あたしを帰してくれるって約束してくれないとね」

「それだけの価値がある情報なんだな？」

「もちろんですよ。はったりはなしだ」

「いいだろう。しばらく居(い)場所ははっきりさせてもらうが、パトカーでお前が望む場所へ送り届ける」

「一度ねぇ、調布まで奴と一緒に荷物を受け取りに行ったことがあるんですよ。そしたら、警備のつなぎ服を着た人間から突然呼び止められましてね。向こうは、久し振りみたいな顔をして、このごろは飛んでいるのかいって訊くんです。そしたら、あいつひどく慌(あわ)てた顔でごまかすんですよ。で俺は、篠田さんもパイロットのライセンスを持っているんですかって尋ねたら、いや、取ろうと思っただけだよって返事だった。もし奴を捕まえたいんなら、検問なんかするより、飛行場を見張ってたほうがいい」

弓月は河東を放っておいて廊下に出た。

「調布を見張らせろ。芝浦(しばうら)、晴海(はるみ)へリポート、本田(ほんだ)エアポート。グライダーの滑空場まで配備を急げ。それから、国土交通省航空局で、篠田がライセンス登録しているかどうか確かめろ」

「何かの間違いじゃないですか？　でなきゃあ、何で篠田は自分でブツを運ばなかったんです？」

「たぶんアメリカでライセンスを取ったんだろうが、そこまでするつもりはなかったんだろう。運び屋まで務めたくはなかった。だから奴は、部下にもそのことを黙っていたのさ。もうすぐ作戦だ。領事作戦部に知らせなきゃならん」

「まさか⁉　奴が緑魔島へ飛ぶとでも」

「その可能性もなきにしもあらずだ」

弓月はスタスタと歩き出した。睡眠が欲しかったが、緑魔島の攻略が始まれば、帝国建設の強制捜査が始まる。本番はこれからだった。

7章　戦闘配置

八丈島の25番滑走路の端で《ブルドッグ》はAPUから次々とエンジンを点火した。クライミング班のアクシデントで離陸が二〇分延びていた。

クルーは全員、ケブラーより強いアラミド繊維にチタンとセラミックスを縫い込んだ防弾チョッキを着用していた。

「皆んなヘッドギアを確認しろ。離陸後、緑魔島まで一〇分と掛からない。離陸と同時に敵のXバンドレーダーに映る。ひょっとしたら、ヘリコプターに離陸する猶予を与えるかもしれない。まあ、パイロットがコクピット待機していればの話だが。離陸と同時にシャッターを開いて〝棹〟を出せ」

一一名のクルー全員が、ヘッドセットのマイクに向かってそれぞれのポジションの状態を報告した。

「支障がなければ離陸する」

麗子は、パワーレバーの真後ろのシートで、四点ポジションのショルダーストラップをきつく締めた。滑走路長は三〇〇〇メートルの余剰しかないため、飛鳥は、エンジン出力を上げながら、ぎりぎりまでブレーキペダルを踏み続けた。機体が振動し始めたところでペダルから足を離す。

《ブルドッグ》は勢いをつけて一八〇〇メートルの滑走路を疾駆し始めた。

高度三〇〇メートルでフラップを収納すると、飛鳥は「戦闘配置（バトル・ステーション）！」と命じた。左翼下部のシャッターが引き下げられ、二〇ミリバルカン砲と、一〇五ミリ・ハウザー砲の砲身が押し出された。

さらに、片揺れを防ぐためのちょうつがい付き空力偏向板（ヒンジ）を開いた。

飛鳥は試（ため）しに、操舵輪を心もち左へ捻（ひね）って機体を左翼へ傾斜させた。背後で麗子が身をよじるのが解った。

「武器具は弾薬装塡後、安全装置を第二レベルまで解除」

地上レーダーに、はや、緑魔島の姿が投影され始めた。ＨＵＤのスイッチを入れる。緑魔島まで、あと四分だった。


矢部二尉に代わってトップを取った岩崎曹長は、ハングを南へトレッキングし、ようやく頂上へと登り詰めた。上半身だけ地上に載せると、ポケットからアンモニア水の入った小瓶を右手に持った。その中から、いくつかに小分けされたラップのボールを取り出し、風下に向かって投げ始めた。それは犬避（よ）けのためだった。

辺りを窺（うかが）うと、そこはトマト畑のど真ん中だった。ビレイを確保できそうな適当な太さの幹を持つ木は見当たらない。岩崎は這い上がると、匍匐して畑の中へ分け行った。長さ四〇センチの杭を三本、浅い土中に突き刺し、三本のロープをそれから取ってカラビナで一本にまとめた。そこからさらに二〇メートルの長さの一一ミリロープを崖下へと投げた。崖との接触面には、摩擦を防ぐビレイシートを敷いた。ロープが下で受け止められたことを確認すると、岩崎は畑の中に腰を下ろし、フラットソールの踵で土を掘り返し、自らの躯をストッパーとして後続に備えた。

イヴリ少佐は、地下の電源室の一角にあるレーダー装置の画面を見詰めていた。反射からすると、かなり大型の飛行機だった。

「八丈島を離陸後、高度を上げようとしません。コースは真っ直ぐこっちへ向かっています」

「速度からすると、ジェット機じゃないな。たぶん、輸送機だ。援護機もなしとは無茶な奴らだ。早めの登場だが、準備は出来ている。歓迎してやろう」

イヴリ少佐はコテージのポーチへ出て、無線機で部下に攻撃態勢を取るよう命令した。そして、『ディフェンダー』ヘリのパイロット、ミシェル・ポラード中尉に向かって、「時間がないが」と呼び掛けた。

「大丈夫です。五分で離陸できます。『スティンガー』ミサイルを使用しますか？」

「いや、たかが輸送機だ。機銃で穴を開ける程度にしておけ。後続部隊がいる恐れがある」

「了解」

無線機を通じて、エンジンを始動する金属音が聞こえて来た。しばらく耳を澄ますと、力強い唸りが南の空から響いて来る。コテージの屋上には、一二・七ミリ機銃が据えられ、射手が試し撃ちに発砲した。三階の窓から、裸のサマーが、だぶついた肉を支えながらテラスに現われた。

「敵はどこだって？」

「まだ七、八分は掛かる。服ぐらい着といたほうがいいですよ」

「そんな大群なのか？」

「いえ。ただの一機。それも輸送機です。日本は爆撃機を持ってはいませんからね。まあとにかく、見物するにも、まともな恰好をしてください」

「解った、解った……」

指揮を執るために、イヴリ少佐も一気にコテージの階段を駆け上がった。

防衛省内の中央指揮所の薄暗い大広間で、鳴海は縦長のスクリーンを見詰めていた。《ブルドッグ》のバルカン銃座の前の主乗員入口ドアを塞いで作られたＡＮ／ＡＪＱ

―24安定追跡装置の主要部分であるGE社製低光量テレビジョン・システムの映像が、通信衛星を経由して送られて来る。

最初は何の映像か解らなかったが、波頭を映しているようだった。

「ちゃんと映っていますか？」

「問題ない」

佐竹がヘッドセットで飛鳥に応答した。

「戦闘中は、こちらから呼び掛けることはありません」

鳴海に向かって最終許可を仰ぐ。

「やってくれ」

「了解、《ブルドッグ》。こちらはカンサール（領事）。作戦はGOだ」

「了解。通信終了。あとは見物しててください」

鳴海はインターカムを取り、警視庁の番号をプッシュした。「始まった。やってくれ」とだけ弓月に告げた。

これで二〇〇名を超える捜査官が、帝国建設の強制捜査に動く手筈になっていた。

佐竹のほうも、海幕へ、護衛艦を緑魔島の水平線内に入れるよう伝達した。ただし、低空飛行する《ブルドッグ》にとって危険なため、二〇キロ圏内には近づかないよう要請してあった。もちろん、篠田がパイロットの技量を持っていることを考え、レーダーによる航空路の監視は厳重に行なっていた。

速度四三〇キロ、高度一〇〇メートルで緑魔島へ突っ込む。この速度だと、およそ四〇秒で島の真ん中を横切ることになる。空気が濃密なため、機体がガタガタ揺れた。

「突っ込むぞ！」

前方赤外線監視装置のモニターに、貯水タンクの鉄塔が映る。その向こうで、ヘリコプターがローターを回していた。

「チッ……、ヘリが離陸するぞ」

HUDの照準レクチルが、鉄塔を捉える。飛鳥は操舵輪の左手にあるトリガーを軽く引いて、そのターゲットを承認した。機体が島の海岸線を越える。

敵の対空砲陣地が火蓋（ひぶた）を切った。

「よし！　交戦法規クリア。これで正当防衛が成り立つ」

砲火が徐々に近づいて来る。飛鳥はそれには構わず、機体を左翼へぐっと傾けて、一〇五ミリ砲の砲身を給水塔の根元に向けた。

「喰らえ！……」

ハウザー砲から二〇キロの重さを持つ、榴弾（りゅうだん）が発射される。発射振動でガクンと機体が震える。機体後尾がパッと明るくなった。トリガーを二〇ミリバルカンに切り替えたが、ヘリはすんでの所で離陸してしまった。

　飛鳥はターゲットを手近の対空砲陣地に移して、トリガーをほんの二度三度絞った。

「弾幕ってのを見せてやろうじゃないの！」

　一基六本の銃身、計一二本から、秒速六〇〇発で二〇ミリ砲弾がブーンという唸りを上げて発射される。地面に一直線に砂埃が走った。空薬莢がキャビンの薬莢溜めに撥ね返る音が伝わる。その直線上にあった対空砲座から、二人の男が飛び出した直後、陣地が爆発した。

　飛鳥は操舵輪を少し戻しながら、左のラダーを蹴った。視界の端に、常にヘリコプターを留めるよう注意した。

「隊長！　バーゲンじゃないんだからバルカン砲弾は節約してください。今ので五〇〇発もバラ撒いた。発射速度を制限しますよ」

「すまん。気をつける」

　攻撃中、コーパイの駿河は身を乗り出してずっと右翼サイドを監視していた。どこからミサイルが飛んで来るか解らなかった。

「奴を先に片付けるぞ」

「その前にパレットを落としましょう。これじゃあまるで、妊婦が運動会に出たみたいだ」

「解った。ドクター、パレット投下準備。解除するぞ！」

「了解、ドアを開いてください」

敵のヘリは、いったんこちらと距離を取ろうと、右へ上昇反転していた。投下は今がチャンスだった。大きく左旋回し、滑走路の南側の海岸寄りへ抜ける。機体を水平に戻しながら、昇降舵を下げて降下態勢に入った。

「後部ドア、開きます！」

駿河がレバーを引っ張る。

前方に小さな火点が現われた。ジープに乗った兵士がサブマシンガンをぶっ放していた。

「たいした度胸じゃねえか！　チキンゲームも悪くはないな」

高度が三〇メートルを切る。『ハーキュリーズ』がお家芸とする低高度パラシュート投下が始まった。柴崎二尉が、メイン・パラシュートを引きずり出すためのドローグ・パラシュートのレリーズ装置を解除すると、ドローグ・パラシュートが機体後部へと飛び出した。高度がぐんぐん下がる。ＳＭＧの弾丸がコクピットの防弾ガラスを叩いて火花が散った。

「奴にぶつけてやる！」

ドローグ・パラシュートが三枚ものメイン・パラシュートを引き出すと、柴崎は続いてパレットを固定するトウ・プレートの作動ハンドルを握った。機体が引き起こしに掛かる。

「三、二、一、NOW！」

飛鳥の秒読みに従ってハンドルを倒すと、一一トンもの六〇式装甲車が轟音を立てて、プレートの上をパレットごと滑ってゆく。

機体がふわりと浮かんだ瞬間、センサー・オペレーターの間島一曹がモニターを後方監視に切り替えた。

地面へ落下した六〇式装甲車は、ジープのほんの数メートル手前に着地すると、桁違いの前進パワーで、ジープに正面衝突した。まるで、絹ごし豆腐に突っ込んだコンクリートの塊(かたまり)だった。ジープはペシャンコになり、乗っていた二人の兵士は、その勢いで一〇メートルかそこいら放り出された。

着地と同時に、装甲車に装着した爆竹が派手に爆発し始めた。

「佐竹さん。これなら文句ないでしょう⁉」

「誉めてやるぞ。敵の動きを読め。あの『ディフェンダー』ヘリはイスラエル空軍仕様だ。たぶん『スティンガー』ミサイルを持っている。殺(や)られる前に撃ち落とせ」

「そうは言いますがね、こっちもミサイルを使えば、外れた時、コテージを誤射する恐れがある」

装甲車に、敵の砲火が集まり始めた。コクピットの左翼に、丁度コテージの灯りが見えた。『ディフェンダー』ヘリは、《ブルドッグ》より高度を取ろうとあがいていた。空中戦においては、だいたいが高度を取ったほうが勝ちを収める。

「皆んな聞いたとおりだ。『ディフェンダー』から目を離すな。いったん地上から離脱するぞ」

高度を上げながら、ゆっくりと左旋回に移る。離れるといっても、ほんの三〇秒だった。

「間島、フレア・リリース・スタンバイよろしい？」

「フレア・リリース・スタンバイよろしい」

間島が復誦しながら、スイッチを操作する。エンジンが発する排気の熱線や、空気を切り裂く翼の赤外線を感知して追尾命中する『スティンガー』ミサイルを眩惑させるための赤外線フレア・ポッドを《ブルドッグ》は両翼に装備していた。

マグダネル・ダグラス社製MD―530MG『ディフェンダー』火器支援ヘリの右翼側機長席に座るポラード中尉は、ヘリの機動性を最大限に使おうとした。

「装甲車を先に――」

「地上に任せておけ」

レフトシートに座る攻撃手のオリバー・ハザー伍長は、機首直下に据え付けられた前方赤外線監視装置のペリスコープ・モニターにすっぽり顔を埋めたまま、カメラを地上から空中へと向けた。

「ありゃ、『スペクター』じゃないですか?」

「ああ、空自がたった一機だけ保有している。保有していた、ともうすぐ過去形になるがな。あいつは、右翼と真上へは攻撃できない。後ろさえ取れれば、ピストルでだって撃墜できる。正面から挑んで、宙返りして奴の背後に就く」

『ハーキュリーズ』は、右前方を旋回中だった。ポラードはヘリコプターを上下させるコレクティブ・アームのスロットル・グリップを左手でいっぱいに開き、ローター面を傾けることによって機体を前後左右させるサイクリック・レバーを右手で心もち前へと倒した。『ディフェンダー』は、『ハーキュリーズ』の予想進路に対して、猛然と突っ込む恰好を取った。彼我の相対角度が、一八〇度の衝突コースに入った瞬間、『ハーキュリーズ』の左翼の下に、パッと火点が瞬いた。

「回避! ミサイルだ」

伍長がフレア・リリース・ボタンを押し込む。機体後尾のフレアポッドから、マグネシウムの強力なファイア・ボールが、点火しながら飛び出した。

それと同時に、ポラードは、左の方向舵ペダルを蹴って、機体を左下へのロールへと入れた。向かって来るミサイルに対して、辛うじて有効な回避手段は、せいぜいが急激な高度差を生じさせることぐらいだ。ミサイルは、速度は速いが、機動性は飛行機ほどではない。まして、ヘリコプターほどの機動性は持ち合わせていなかった。

ミサイルは、『ディフェンダー』を逸れ、しばらくフラフラ飛んだ後、燃え盛る対空砲陣地へと突っ込んで爆発した。

「気をつけてください、中尉。『スペクター』は『ディフェンダー』と同じで、何でもあり、ですから」

天地が逆になり、海面が迫って来る。ポラードは、そのままS字を描くように海面へ向かってわざと落下し、機体をスプリットSから引き起こした。『ハーキュリーズ』は真上にいた。『ディフェンダー』が最高速度を出しても、とても四発のターボプロック機には追い付けない。

「こっちも『スティンガー』を撃ち返しますか?」

「いや、あれは囮だ。ミサイルは温存したい」

「そうは言っても、赤外線フレアの予備カートリッジはベースへ帰らないと。今度攻撃されたら躱しようがないですよ」

「ミサイルを躱す方法ならあるさ」

ポラードは、無線機で地上ベースを呼んだ。

「こちらイーグル、ウォンバットン、応答せよ」

「こちらウォンバットン、地上は修羅場です。そっちは無事ですか⁉」

「問題ないが、フレアを使い切った。すまんが、爆発した対空砲陣地まで持って来てくれ。あそこなら、『スティンガー』を喰らわずにすむ」

「了解です」

燃え盛る炎の近くなら、それがフレアとしての役目を果し、ミサイルを打ち込まれないはずだと、ポラードは考えた。

一方の飛鳥は、滑走路上空を横切りがてら、装甲車へ向かう敵を制圧するために、榴弾砲をもう一発お見舞いした。


コテージの三階から双眼鏡で覗いていたイヴリ少佐は、まったく虚を衝かれてしまった。空挺作戦が頭にあったため、あんなものを日本政府が持ち出して来るなどとは夢想だにしなかった。

ウォーキートーキーが、救助と増援を求めて喚いていた。

「架台から機銃を外してピックアップトラックに積め。増援に向かうぞ！」

「しかし、ここはどうするんです⁉」

「レーダーで監視すればいい。ヘリボーン作戦なら、レーダーに映ってからでも滑走路から駆け付けられる。サブマシンガンじゃ、『スペクター』には歯が立たん。ここには十名残す。屋上を固めろ。急げ！」

土門三佐は、トマト畑の中からスターライト・スコープでピックアップトラックが発車する様子を監視していた。隊員のほとんどは、まだ装備のチェックに追われていた。

「屋上には少なくとも五人がいる。雨樋のフレームを伝って屋上へ上るのは、どうにも気が進まんなぁ……」

「手榴弾を三つばかり放りましょう。それで、一階から突入すればいい。完全な奇襲じゃないですが、こちらの損害を最小限に留めるには、それが無難です」

「そうだな。二人ばかり、コテージの正面へ迂回させて援護させよう。攻撃は、ピックアップが滑走路に着いてからだ」

飛鳥は、緑魔島の滑走路を中心に8の字飛行を描き続けた。この方法だと、滑走路から離脱している時間は、ほんの一分足らずで済んだ。攻撃は、一〇〇発搭載した一〇五ミリ榴弾砲で行なった。榴弾が地面で爆発すると、半径五〇メートル以内のものは、まず爆風で薙ぎ倒され、破片と、巻き上げた小西や泥でズタズタにされる。枯れ草に火が点き、そこここで、火の手が上がっていた。

『ディフェンダー』ヘリを二度HUDに捕捉したが、あと一歩の所で、ヘリは地上すれすれを前後左右へと横滑りし、攻撃のチャンスを与えようとしなかった。

「目障りな奴だ……」

「コテージから増援が出た模様です。ピックアップトラックが一台南下しています」

「了解」

「いったん、島を離れて、奴を離陸させちゃどうです？」

「そうしよう」

飛鳥は、操舵輪を水平に戻してヘリの上空をフライパスした。


イヴリ少佐は、ピックアップのサイドシートで、ヘリのポラード中尉を呼び出した。

「今、一二・七ミリ機銃を積んでコテージを出た。そっちはどんな具合だ!?」

「三名と連絡が取れません。給水塔は崩壊。対空銃座は、すでに跡形もありません。敵は装甲車を投下しましたが、動きはありません。無人のようです。今、燃える対空砲陣地の炎の影で、赤外線フレアのディスペンサーを装着中です」

「ミサイルなしで撃墜できそうか？」

「この『ディフェンダー』が最高速度を出しても、『ハーキュリーズ』の巡航速度のようやく半分に達する程度です。ですが、まあやりようはあるつもりです」

「こっちからも援護する。頑張ってくれ。

全員に告ぐ！　ジャングルの中へ後退しろ。遮蔽物のない滑走路付近での戦闘は不利だ！」


ハザー伍長は、『ディフェンダー』ヘリのスキッドに乗ったままで、フレアのディスペンサーを交換していた。

コクピットに飛び乗り、ドアを閉めると同時にポラードは離陸した。

「交換終了！　それでどうします？　向こうはまた撃って来ますよ」

「今度は、崖下に隠れる」

ポラードは、滑走路を通り過ぎた二〇メートルほどの高さの崖下に、『ディフェンダー』を直行させ、ローターが崖に触れんばかりの距離で、海面すれすれに降下し、空中停止した。

《ブルドッグ》が緑魔島から離れていたのは、ほんの二分かそこいらだった。だが、帰って来た時、ヘリの姿はなかった。

「コンタクト喪失！」

「隠れた先は解っている。回り込むぞ」

コテージ方向へ機首を向け、海岸へ出た途端、機体を傾けてトリガーをバルカン砲に切り替えた。海岸線に沿って南下すると、左真下にヘリがいた。トリガーを絞ったが、一瞬、相手の反応が早かった。

バルカン砲弾が、崖を叩いて無数の破片を飛散させた。

破片の一部は、『ディフェンダー』ヘリの機体を叩いた。


ポラードは、せめてあと一〇〇キロの速度があればと思いながら、前進上昇に移った。向こうは、大きな旋回半径を描きながらでないと上昇できない。下から機銃で攻撃しても威力はたいしたことはない。奴よりも少しでも上に出れば、攻撃も回避もチャンスが増す。ポラードは、『スペクター』の尾翼を追いながら、コレクティブ・アームを開放して上昇率を上げた。


緑魔島の東方海上で左旋回した《ブルドッグ》のレーダーは、島の南側上空にヘリの姿を捉えた。

「きりがねえな……」

「高度差が出てます。上昇しますか？」

「いや、地上へ降りるのに時間が掛かる。距離一〇〇〇でスティンガーで撃とう」

彼我の高度差は、一〇〇メートルほどあった。すでに『スティンガー』の射程距離内に入っている。間島が発射ボタンを押そうとした刹那、敵は赤外線フレアを発射してロールを打った。

ポラードはスプリットSを描きながら、機体中央の下にオプション装備した七・六二ミリの六銃身ミニガンのトリガーを引いた。機体は海面に対して垂直の姿勢にあり、弾道の真下に『ハーキュリーズ』が飛び込んで来た。

六発ごとに装弾された赤い曳光弾(えいこうだん)が、ほんの一瞬だけ『ハーキュリーズ』のコクピット上部に命中して火花を上げた。

「大当(ビンゴ)たり！」

赤い燃料警告灯が点滅し始める。燃料計を見ると、針がゼロに近づいていた。

「さっきの攻撃でタンクに破片を喰らったらしい。急激な運動で、油が一気に漏れたようだ。着陸しよう」

ポラードは降下姿勢のまま滑走路をフライパスし、給水塔の残骸近くに緊急着陸した。エンジンを切る前に、燃料切れで止まってしまった。

「危機一髪だったな」

『ハーキュリーズ』の爆音は遠ざかったまま、旋回して帰ってくる気配はなかった。

「いくらか、ダメージを与えたようだな。残骸を機体にかぶせて、せめてカムフラージュするか。騙せるとは思えんが」

「『スティンガー』を外しますか？」

「この『スティンガー』は、地上発射用の推進火薬を持っとらん。地上では使いものにならん。無駄だ。それより、皆んなと合流しよう」

「被弾箇所をチェックさせてください。ひょっとして修理が可能かもしれない」

ポラードは、外へ降りると、水瓶に使っていた鉄の板を、折れたフレームを使ってヘリのティル・ブームにかぶせた。


《ブルドッグ》の機内は、麗子が上げた悲鳴でパニックに陥る寸前だった。弾丸は、装甲のない頭上から降り注ぎ、外板を貫通する過程で弾道を変え、四方八方へと飛び散った。

小西曹長の強化プラスティックヘルメットを貫通し、駿河一尉の左の鎖骨へ一発が飛び込んだ。一発は、飛鳥の胸の防弾チョッキに喰い込んだ。エンジンパネルにも、一発命中したが、貫通はせず、麗子のボディアーマーに撥ね返って悲鳴を上げさせた。

駿河の軀がだらりとのけ反った。

「間島、支援部隊と全参加兵力へ、負傷者が出たと伝えろ。しばらく攻撃はできない、とも」

「了解。衛星通信システムも損害を受けた模様。映像通信が途絶しました。センサー群は異常なし」

「小西、機関は無事か？」

返事がないので振り向くと、気絶した麗子の後ろで、小西がパネルにつっぷしていた。

「役立たずなお嬢ちゃんだ……。武器員で暇な奴は、コクピットへ来てくれ。負傷者が出た」

柴崎は、胸に付けたL字型のエンジェルライトをかざしながら現われた。

「パイロットが先だぞ」

「しばらく水平飛行してください。こりゃあ、シートから出さなきゃ駄目だ」

駿河を看てから、柴崎は麗子がどこも負傷していないのを確認し、平手打ちで目を覚まさせた。

「貴女は無傷です。大丈夫。ちょっとシートをどいてくださいませんか。駿河さんを出したい」

二人掛かりで駿河をシートから運び出して、コクピット後部の床に寝かせる。出血がひどかった。

「心臓は外れているが、弾が体内に留まったままだ」

「そいつは、医者が言う、クリティカルな状況なのかい？」

「いえ。この破孔からすると、肋骨か鎖骨で弾は止まっています。死にはしないが、この飛行機に乗せたままは危険です。歩巳さん、ここと、ここを押さえておいてください。出血が止まるはずです」

次に小西のヘルメットを脱がせた。

顔面が血に染まっていたが、柴崎は、ヘルメットを見て「たいしたことはないな……」と呟いた。ヘルメットを貫通した弾は、そのまま内張りにそって進み、五センチと離れていない所から、また外へと出ていた。頭の傷は、ヘルメットの破片のせいだった。

ピンセットで二つ三つ破片を取り除いてから、

「起きろ、曹長！」と、耳元で怒鳴った。

小西が苦しげな呻き声を発して目を覚ました。首のスカーフをほどいて、「顔を拭け」と差し出した。

「病院は厭だ。看護師の世話になんかになるのはご免だ。あんな腹黒い奴らに触られるのは……」

「何を寝言いってんだ⁉」

「死んだって、病院に行くのはご免ですよ……」

縫っている暇はなかったので、特大の絆創膏(ばんそうこう)を貼ってから、ヘルメットで固定した。駿河のほうはやっかいだった。アーマーベストを脱がせ、上半身裸にしてから、包帯でぐるぐる巻きにする。

「すまんが、ドクター。患者を降ろすためにどこかへ引き返すわけにはいかん」

「機長、パラシュートで護衛艦の近くに落としましょう。それがたぶんベストだ。ここじゃ、満足な手当てはできない。護衛艦『さわぎり』まで飛んでください」

「賛成する」

『さわぎり』は、緑魔島まで三〇キロ地点まで接近していた。そこまで飛ぶのに最高速度で三分、こちらの準備もだが、たぶん向こうの準備のほうが時間が掛かるはずだった。

「間島、『さわぎり』に、一〇分後、負傷者をパラシュートで脱出させるから回収しろと伝えろ」

柴崎はモルヒネではなく、意識を保たせるために覚醒剤(アンフェタミン)を駿河に注射した。フライトジャケットからニーボードやペンを外し、ライフベストから食糧やナイフなどの余分なパッケージを抜き取り、それを着せた上からジャンプ用のハーネスを装着させる。

水泳に邪魔なシューズと靴下は脱がせた。本当はつなぎのズボンも切り裂きたかったが、頑丈なフライトジャケットを切り裂くのは、相当に根気がいる作業なので諦めた。

駿河はうっすらと瞼を開いた。

「コーパイが降りるわけにはいかない……」

「喜べ、駿河。名誉負傷賞を貰って堂々と民間に転職できるチャンスだぞ」

「こんな時に減らず口を叩くのは止して頂戴！」

麗子が金切り声を上げた。

「一回、島に戻って牽制する。今度は南西から侵入するぞ。そうすれば、右翼の監視の手間が省ける」

柴崎はゆっくり諭すように語り掛けた。

「駿河さん、解っていますね。下は、真っ暗な海面ですが、たぶん、護衛艦がサーチライトで照らしてくれる。貴男は高度三〇〇メートルから、着水寸前に、ハーネスのバックルを解除して、パラシュートをリリースします。そうしないと、真上にパラシュートが落ちて来る。パラシュートはあっという間に水を吸って、水面に蓋をします。だが、そうなっても慌てることはない。常に上から光りが射すはずです。それに向かって泳ぐこと。鮫避けのスプレー缶は、上蓋を外してポケットに収納しときます」

「ライフベストを膨らませてくれ……」

「いやいや、今は駄目だ。もしライフベストが膨らんだままパラシュートを被ったら、脱出できなくなる。大丈夫です。ライフベストは収縮時にもある程度の浮力を持っている。沈むことはない」

駿河は弱々しく頷いた。

「フネの南側に降りると伝えろ」

「了解。『さわぎり』より、入電。ボートを降ろし、ヘリを北側でホバリングさせるそうです」

「小西、機関をチェックしろ」

「エンジン、油圧系統、異常なし。上の機器ラックに被弾箇所多数あり。間島、敵味方識別装置をチェックしろ。アンテナがいかれているかもしれん」

ＩＦＦアンテナは、コクピット後部の真上に取り付けられていた。

「ええ……と。はい、作動しませんね」

「おいおい、頭が痛えんだ。電子戦システムの面倒までは見切れんぞ」

緑魔島にヘリの姿はなかった。島の周囲を一周したが、発見できなかった。

「どこへ行きやがった⁉」

「墜落したんじゃないですか。さっきの攻撃でだいぶ痛めつけたはずですから」

「じゃあ、どこへ墜落した？」

墜落した痕跡が確認できるはずだった。ジープが林の端へ出て来て攻撃を始めた。

「一二・七ミリ機銃です。回避願います！」

攻撃するには、高度が高すぎた。こちらが狙いを定める前に、蜂の巣になる恐れがあった。

「どうします？　片付けてからにしますか？」

「いや、先に降ろす」

レーダービームを海面捜索に切り替える。上端に『さわぎり』が映った。

「ボートを降ろしたそうです」

「よし、行くぞ」

飛鳥は、パワーレバーを前に押し出した。

柴崎は、駿河を担架に乗せて、後部キャビンへと移動した。本当は、誰かが一緒に降下すべきだったが、人員に余裕はなかった。

後部ドアのランプで担架を降ろすと、ぐったりした駿河を起こし、メイン・パラシュートを背負わせた。緊急パラシュートは邪魔になる恐れがあったので装着しなかった。強制開傘装置の吊索をレリーズ装置に引っ掛ける。

「こちらは準備オーケー！」

『さわぎり』まであと一〇キロを切ったところで、パワーレバーを絞って速度を落とした。護衛艦の強力なサーチライトが、フネにとって右舷側、南の海面を照らしていた。飛鳥は、低高度開傘の基準高度である三〇〇メートルで水平飛行に機体を固定しながらさらに速度を落とした。風を読むために、照明弾を落とす暇もなかった。前方赤外線監視装置の映像から、ガスタービンの煙突から出る高音の排気熱が流れる方向を読み取った。

「聞こえているか⁉　駿河」

「大丈夫です。たぶん……」

「風は北西の風二ノットというところだ。護衛艦は、エンジンを止めてはいるが、かなりの惰性で突っ走っている。フネの南一〇〇メートルのところにゴムボートが見える。フネの前方寄りの、その間に降下しろ。お前の分の仕事は、きちんと片付けて帰る」

「すみません、機長」

「降下（ジャンプ）姿勢を取れ！」

後部ランプが開かれると、エンジンの爆音で、ヘッドセットによる会話も困難になる。柴崎は、自らは命綱を付け、駿河を後ろ向きにすると、ベルトを掴んだ。

降下を指示する赤いランプが、緑色に変わった瞬間、駿河を勢いよく突き飛ばした。

時速三〇〇キロで機体から飛び出した瞬間、シュラウドラインが、収納袋からパラシュートを引っ張り出し、駿河の軀は一瞬、海面と水平に飛んだ。その直後、開傘したパラシュートの強引な制動効果で、全身がギュッと締め付けられた。あやうく気を失いそうになった。海面には、明るい光りの帯(おび)が見えたが、なかなか高度差を読み取ることができなかった。

今だと思ってバックルを引っ張ってパラシュートを切り放そうとした瞬間、足が海面に着いた。全身が海中へと潜る。顔面が潜った瞬間、あまりの冷たさに、駿河はパニックに陥(おちい)った。バックルを外そうとしたが、焦っているのと、怪我(けが)のせいで軀の自由が利(き)かない。どうしても外れなかった。それどころか、慌ててライフベストのガスボンベの紐を引いてしまった。軀が浮き上がった所へ、パラシュートのラインが、そして本体が頭上へ落ちて来る。脱出しようともがいたが、ライフベストのせいで潜ることができない。海水を飲み、ラインに絡まって意識を失いかけた瞬間、力強い腕に、背後からむんずと摑まれた。

「ラインが⁉……」

「解っています。動かないで」

男は、自分が吸っていた酸素ボンベのマウスピースを駿河にくわえさせると、シャークナイフで、頭上の落下傘(らっかさん)を切り開いた。パラシュートの真ん中にぽっかりと顔を出すと、護衛艦のサーチライトと、上空を旋回する《ブルドッグ》のサーチライトが自分を照らしていた。

助かった……。駿河は、そう呟きながら、《ブルドッグ》に向けて右手を振った。

8章　人質救出部隊危うし

イヴリ少佐は、滑走路へ通じる島の一本道の出口にいた。緑魔島は、島の三分の二がジャングルに覆われているが、南側の滑走路へ抜けた場所は、まるでゴルフ場の人工林のように、一直線に樹林帯が切断されていた。

ポラードもイヴリと合流した。

「ヘリの具合はどうだ？」

「後部キャビン下の燃料タンクに、亀裂が一本走っていますが、一五分もあれば、ガムテープと布切れで修理できます」

油の臭いを漂わせるハザー伍長が答えた。そこからヘリコプターまで、五〇〇メートルは離れていた。接近するのは簡単だが、『スペクター』の赤外線装置で簡単に発見されるはずだった。

「今は無理だ。海面に近づくものはなかったのか？」

「遠くから護衛艦が接近して来る他は、浮輪ひとつなしです。赤外線で捜索しましたから、見逃したなんてことはありません」

そんなはずはない……。『スペクター』が攻撃を始めてから、すでに二〇分が経過している。後続部隊の到着まで、そんなに時間があくはずがなかった。滑走路を挟んだ一〇〇〇メートル先に装甲車がぽつんと停車していた。あれも空だ。装甲車に圧し潰されたジープに乗っていた兵士は、そこから十メートルも飛ばされ、全身打撲で死亡した。

野外無線機で、コテージを守るジョーダン軍曹を呼び出した。

「軍曹、レーダーには何が映っている？」

「『スペクター』と護衛艦。それに、護衛艦のヘリだけです」

「護衛艦のヘリが接近する気配はないのか？」

「いえ、救難活動に飛び立っただけです。『スペクター』から、パラシュートがひとつ落ちました。たぶん、中尉殿の攻撃で負傷者が出たものと思われます」

イヴリ少佐は、接近する《ブルドッグ》の爆音に耳を澄ましながら考えた。イヴリの、兵士として鍛え抜かれた本能が、何かが不自然だと警告していた。攻撃は『スペクター』一機。肝心の空挺部隊の影はどこにもない。レーダーにすら映っていないというのは、あり得ないことだった。レーダー……。

こちらの防衛は、Xバンドレーダーに頼り切っている。そのことを調べる時間は敵にもあったはずだ。にも拘らず、自衛隊は何ら妨害措置を取らなかった。

「クソ！……。『スペクター』は囮だ」

「まさか⁉」

「敵はもう上陸している。あれは、俺たちをコテージからおびき寄せるための囮だ。ジョーダン軍曹。どこにおるか解らんが、敵はすでに上陸している。俺が帰るまでそこを支えろ！」

　だが、すでに手遅れだった。

　土門以下三名がトマト畑の端まで匍匐前進してM68破片手榴弾を右手に持った。矢部二尉ともう一名は、道路を渡って、コテージの正面に回っていた。土門の背後では、八九式空挺小銃を持つ七名が、突撃姿勢を保っていた。

　遠ざかっていた《ブルドッグ》が近づいて来る。

　土門は、右手で握った手榴弾の安全ピンのリングに指をかけた。両サイドの二名が同じ動作を取る。ピンを抜いた。レバーを握ったまま、

「一、二、三！……」で、二〇メートル離れたコテージの屋上へと投げた。

　爆発音と爆風が過ぎ去ると、男たちは、ウォー！　と雄叫びを上げながら駆け出した。

　破片が降る中をコテージのポーチへと迂回する。矢部が林の中から援護してくれた。

「屋上で五名、こちらからテラスで二名倒しました」

ヘッドセットで報告が入る。

「了解。そのまま援護配置に就いてくれ」

階段を駈け上がる。二階へ出る前に、サブマシンガンが、階段の踊り場に降り注いだ。フルオートで、あっという間に弾がなくなるはずだった。銃の撃ち方を知らん使用人に違いない。

「チッ、素人が……」

土門は閃光手榴弾を放って、瞳を閉じた。破片や爆音ではなく、大音響と眩しい閃光が網膜に作用することによって人間の行動力を奪う手榴弾は、敵に身体的ダメージを与えることなく戦闘力を奪うことが可能だった。

爆発の次の瞬間、廊下へと飛び出す。放心状態の二人の男がいた。ひとりは、コックの姿をしたアジア人で、もうひとりは背広姿の、紛れもない日本人だった。

「やぁ、坊や……。世話を焼かせるじゃないか」

施錠してある分厚いドアがあった。

「鍵を渡せ」

男は耳が聞こえないらしく、口をポカンと開けて土門を見詰め返した。

「鍵だよ！」

土門は平手打ちを喰らわせて、男が背広のポケットから取り出した鍵でドアを開けた。灯りの消えた部屋に中年の男たちと、丸裸同然の女子大生らがいた。全部で六名。人質全員だ。

不思議と、憐憫の気持ちは湧いて来なかった。それよりむしろ、もやもやとした憤りがあった。金持ちのガキ連中に、地上げ屋の集団だ。自分で身代金を払って出てくりゃあいいものを。いかに任務でも、自分の部下の命を賭けるような値打ちのある仕事じゃなかった。

しかし、土門はぐっと感情を殺して、言葉を選んで敬礼した。

「陸上自衛隊・習志野第一空挺団第一中隊長・土門康平二佐であります。政府の命により、救出に参りました」

「遅かったじゃないか⁉」

金持ちって奴は、いつだってこれだ……。

「岩崎！　護衛艦へ通信。任務終了、人質は全員無事。急ぎ回収請う！」

「了解」

コテージの外で、銃撃戦が始まった。コテージの北側を撃っているようだった。

「こちら矢部、二名が、三階の窓からジャングルへ逃亡しました。追いますか？」

「いや、道路からの攻撃に備えてくれ。こっちは全員救出した。ヘリが到着するまで防御陣形を取る」

あまりに呆気(あっけ)ない作戦だったが、まあ人質救出作戦は、ほんの数秒で片付くというのが戦史上の真理だ。

「よし、建物内の捜索と捕虜の捕縛が終わったら、全員、南側に対して防御陣形を取れ。バリケードに使えるものは何でも利用しろ」

ヘリが到着するまで、ほんの一〇分だった。

《ブルドッグ》のコクピットで、間島と麗子は、穴が開いた天井にガムテープを張り付けて急場をしのいだ。それが終わると、麗子は床に置かれた駿河のニーボードを自分の膝にくくりつけ、右側の副操縦士席に入って、イヤホンジャックにヘッドセットのピンプラグを差し込んだ。

「何のつもりだ⁉」

「貴男(あなた)には、コーパイロットが必要でしょう？」

「こいつはパイパーやセスナとは違うんだぞ！」

「でも、飛行機よ」

「隊長、他のコクピット・クルーは異存なしです。同じコクピットに座っているんなら、操舵輪(ホイール)の前がいい」

小西が横槍を入れた。

「いいか、座っているだけだぞ。けっしてホイールに手を出すな」

コテージの屋上で爆発があり、ピックアップトラックが一本道を疾走していた。

「あいつを潰す」

島の南側を回り、再び左旋回で接近する頃には、コテージの戦いは決着がついていた。

「威嚇（いかく）するだけにして頂戴。これ以上犠牲を出す必要はないわ。敵にも味方にも」

「そりゃあ、命令なのか⁉」

「そうです。命令です。そのために私は乗ったんですから」

麗子はヘッドセットのマイクではなく、飛鳥の耳元へ向かって声を張り上げた。

「了解した。指揮官殿」

飛鳥はホイールをほんのちょっと回して脅かしてやった。機体が五〇度を越えてロールを打つ。危うく左翼へ横転しそうになったところで、一〇五ミリ砲をジープの三〇メートルばかり手前に叩き込んでやった。爆風が撥（は）ね返り、機体を振動させた。

「脈がらせなら、効果はないわよ。私はパイパーで垂直反転（ヴァーチカル・リバイス）やインメルマン・ターンをやってのけるのだから！」

「お二人とも、喧嘩は地上に降りてからしてください」

「そうするよ機付き長。間島、スパイダーマンを呼び出せるか？」

「できます」

「生類憐みの令が出た。これ以上の攻撃は慎む。ヘリが到着するまで、こちらは上空から監視任務に就くと伝えろ」

「了解」

《ブルドッグ》は戦場を離脱し、弧を描きながら、ゆっくりと上昇し始めた。

怪我人は出したが、《ブルドッグ》チームのほぼ完璧な勝利だった。戦いは、決着がついたかに見えた。


警視庁の取調室の隣室で、弓月は、パイプ椅子に腰を下ろし、眠気覚ましのタバコをだらしなくくわえながら部下の報告に耳を傾けていた。

東京に残された人質は全員死亡していた。捜査は進展したが、結果的には失敗だった。

「金児玉青、旧姓鷹島珠緒の実家は広島市東区戸坂南です。広島県警からの報告によると、実家は雑貨屋を営んでいたようです。父親は、彼女が在学中に死亡してます。家付きの男との結婚にこだわった理由は、これでしょうな。篠田がアメリカから帰国してわずかに一カ月後、地上げ屋に狙われました。母親は、半年粘りましたが、不審火から家屋を消失。母親は助かりましたが、後に自殺しています。結婚した妹がいましたが、敷地を売り払い、跡地にはマンションが建っています。やはり、帝国建設の系列です。この不審火に関して、広島県警は放火の疑いが濃厚と見ています。マンションには、すでに県警が張り込みにつきました」

「東名、名神に検問を張れ。広島空港周辺にも」

マジックミラーの向こうには、ノーネクタイの背広姿の男がいた。捜査二課の野田警部が、捜査資料の山を突き付けながら調べを行なっていた。

「緑魔島はあんたの会社のものだね？」

「正確に言うなら、だったというべきでしょうな。五年前、子会社に売却しましたよ。帝国海洋リゾート開発会社に」

「帝国建設の専務取締役であるあんたは、そのリゾート会社の個人株主の筆頭だ」

「いちおう子会社ですからね」

「あの島は、今何に使っているんだね？」

「遊休地です。リゾート地にするには、いささか条件がよくなかったんです。人はいないはずです。ま、寝かせていても、値上がりはしますからね」

「そりゃあ、おかしいんじゃないかね？　お宅のパイパーは、二日に一度は緑魔島へ飛んでいる。お宅のクルーザーも、毎週あそこへ寄っている。帝国建設の名前でチャーターされた貨物船が、月に二回は島に向かう」

「パイパーのことなら、航空事業部は、私の管轄じゃない。キャリアーの部門もね」

「今そっちのほうの人間も調べているよ。いずれにせよ、あんたらは、あの島へ物資を運ぶために、毎月数千万円を投資している。それで、何もないというのかね？」

「刑事さん。うちは大手の建設会社です。一〇億円単位ならともかく、一千万単位の金は、週末ひと晩の交際費で消えていく。そういう漏水はあるものですよ」

「あんたの会社は、ウォーターフロント開発で半年前、政府のビッグプロジェクトを手に入れたね。本当は、大手の寄り合い所帯で進める予定だった計画が、なぜか帝国建設の独占になった。口さがない業界筋は、相当に手荒いことをしたんじゃないかと
——」

「地検の特捜部じゃあるまい。二課ふぜいからそんなことを詮索されるのは不愉快だ！」

「俺は、あんたを愉快にさせたくて、こんな夜中に招待したわけじゃない！　二課を嘗めんなよ……」

野田は、相手がすわるパイプ椅子を蹴り倒すと、身を乗り出して、背広の襟首を引っ摑んだ。「いいか、よく聞け！　四人の市民が死んだ。死んで当然の奴らだったが、殺人は殺人だ。しかも、そのうちの二人は、あんたらのライバル会社の社員だ。俺の胸三寸で、てめえを殺人教唆で告発できるんだぞ。そうなりゃ、一生ムショ暮らしだ」

「無茶を言うな⁉」

「無茶じゃないさ。経済事犯なら、会社のためだったと世間も甘い。だが殺人となるとな。この歳で刑務所暮らしはきついぞ。リゾート会社の役員に、黒田守雄（もりお）という男がいるな。まだ二十九歳なのに、なんで役員なんだ？」

「社員がたった一〇名のミニ会社なら、不思議なことじゃない！」

「そうかい」

野田は、両手で襟首を摑み、壁に押し倒した。

「容疑は殺人教唆だ」

「待て、待ってくれ!?……そいつは黒田議員の息子だ。素行不良なんで、本社で採用するわけにはいかなかった。だから、子会社の役員にしたんだ」

「素行不良ってのは、具体的に何を言うんだ？」

「ドラッグだ。奴はトランクに詰めたクラックや大麻を持って六本木で遊ぶのが趣味なんだ。警察だって見てみぬふりをしたじゃないか……。息子が、あのプロジェクトと緑魔島の交換を持ち出して、父親に口を利（き）くと約束したんだ。あの父親は、バカ息子のこととなると、何だってやってのけるからな」

「篠田との関係は？」

「会社全体が実際には篠田の意向で動いている。あいつがまっとうな人間なら、俺の片腕に欲しいぐらいだ。たぶん、バカ息子が、アメリカで遊び回っている頃に知り合ったんだろう。奴は、父親の利用価値に気づき、息子にドラッグを与えることで自分のビジネスを成功させた」

「篠田とは、いい商売をしたらしいな」

「ドラッグ・ビジネスを援助したことはない。われわれはただ、黒田代議士とのつき合いを円滑に維持するために、息子の面倒を見ただけだ」

隣室の弓月は、スピーカーを消した。

「何にせよ、本人にとっては、正当な理由があるもんだよな……」

「国土交通省からの報告では、双発機(ツイン)、つまりエンジンを二つ付けた飛行機のことですが、それの事業用ライセンスを持っています。アメリカで取得したようですね。パイパーのパイロットの供述も取れています。篠田と二度飛んだことがあるそうです。パイロットには、努力して技量を磨く奴と、生まれながらのセンスを持った二種類の人間がいるそうですが、篠田は後者の天才のほうだそうです。調布空港に出入りするパイロットでは、文句なしにナンバー1(ワン)の腕の持ち主だそうです」

「鳴海さんは今、防衛省にいらっしゃる。奴が腕ききのパイロットだということを伝えてくれ。俺は、しばらくここで眠らせてもらうよ。明日、緑魔島へ乗り込んで現場検証に当たる連中を人選しておけ」

「仮眠室のほうがよくはありませんか？　人質も解放されたことだし」

「いいさ。ここが俺のねぐらだ」

部下が部屋を出て二分も経たないうちに、弓月は深い眠りに落ちていた。篠田の追跡は、長期戦になりそうな気がした。

駿河の救出で、回収ヘリの出発に手間取っていたが、輸送用のUH―1H『イロコイス』ヘリが『さわぎり』を離陸したところで、防衛省中央指揮所の鳴海は、官邸へのホットラインを取った。青柳総理は、執務室で報告を待っていた。その部屋に、黒田議員が同席していることは間違いなかった。

危機管理室のセオリーからすれば、悪い情報は早急に、グッドニュースは充分な確認を取って後から伝えるのがベターだ。作戦が終わったわけではなかったが、鳴海には他のもくろみがあった。

「人質は全員救出しましたが、未だ交戦中です。間もなく回収のヘリが現場に着きます」「ご苦労だった。死傷者なしかね？」

「重傷者が数名出た模様ですが、生命に別条はありません」

「そうすると、作戦は成功と判断していいのだな」

「現状においては。ただし、問題は捕虜の扱いでして……。日本側の首謀者を逮捕できていない状況では、いずれ奪還テロを招く危険が多々あります」

「ふん……。ちょっと待て」

二人の間で協議があった。黒田議員の、「殺せ」というあからさまな言葉が受話器を通して漏れて来た。

「ああ……、鳴海君。たぶん、君も異存はないと思うが、捕虜はいなかった。あるいは、逃亡を謀ったということでだね……」

「畏まりました」

政治家という腐肉を喰って生きる野卑な連中を一度として好きになったことはないが、それと割り切って正しく利用すれば、たまには世間のために役立つこともある。


護衛艦『さわぎり』を飛び立った陸上自衛隊のＵＨ―１Ｈは、丁度護衛艦と緑魔島の中間地点を飛行中だった。機内キャビンには、一二・七ミリ機銃が両サイドに据え付けられ、四名の射手が配置に就き、増援の空挺隊員一〇名が、八九式小銃を抱いていた。

潜水艦『ゆきしお』が発する赤外線フラッシュライトのシグナルを頼りに進路を微調整した瞬間、事故は起こった。

ティル・ローターを固定するローター・ハブの、ブレードとハブを直結する取り付けフランジに発生していたマルチブル・サイト・クラックが、一気に一本のクラックとなって繋がった。それが原因で羽根は、千切れる瞬間、次々と隣のブレードを切断していった。

ティル・ローターを失って、コントロールを喪失したヘリは、進行方向へ横滑りしながら、主ローターの回転方向へと旋回し始めた。

パイロットは、不時着水に備えて、高度を落とし始めた。

「メイディ！　メイディ！　こちらナイト・フォックス1。ティル・ローターがいかれた。機体をコントロールできない！」

前進力を失うと、ヘリは独楽のように円弧を描きながら高度を落とし始めた。パイロットはサーチライトを点し、必死で海面を探した。ローターが飛沫を上げ始めると、コレクティブ・アームを開放して一瞬上昇を試みた。

「皆んな海へ飛び込め！」

空挺隊員が、回転するヘリのキャビンから折り重なるように海面へと飛び込む。コントロールが利かなくなる寸前、なんとか水平に着水しようとバランスを取ったが、スキッドが波に捕まった瞬間、機体は右翼へ大きく傾き、二枚のローターが海面を叩いたショックで折れ、巨大な斧となって海面を飛び回った。

その様子は、《ブルドッグ》の三種類のセンサー、すなわちレーダー、低光量テレビ、前方赤外線監視装置によってつぶさに観察された。

「しょうがねえな⁉……。柴崎、回収ヘリが墜落した。救命浮舟を落とすから準備しろ」

「何をですか？　ＪＥ―２Ｂですか？」

「六人用では間に合わん。ＭＲ―25Ｂだ」

そっちは二〇人用だった。

「間島、照明弾を落としてやれ」

「駄目です！　油に火が点きます」

小西が警告した。

「了解。サーチライトで海面を照らす。スパイダーマンに状況を伝えて、回収が遅れると警告しろ」

サーチライトを点灯しながら海面を嘗(な)めるように飛行する。真下で救命浮舟のカプセルを落とすと、着水と同時に水を感知して自動的にボードが膨らんだ。低光量テレビの中では、海面へ落下した隊員らが重たい装備で喘(あえ)いでいた。ＦＬＩＲに、温度分布の違う場所が現われ始めた。墜落ヘリから漏れた油膜の帯だった。

「曲芸飛行(アクロバット)って奴を見せてやろうか……」

飛鳥は高度を取ると、左翼へ四五度傾けた状態で旋回飛行を始めた。サーチライトは落下したボートを照らしたまま《ブルドッグ》が三六〇度旋回する間、一度もボートから外れることはなかった。

飛鳥は旋回を続けながらラウドスピーカーのスイッチを入れた。

「ボートの北側に油膜が接近している。装備なんかさっさと捨てろ！　海流は北だ。ボートは南へ漕げ！」

右側のコーパイロット席から見ると、レフトシートのすぐ真下に暗黒の海面があり、そのやや前方にサーチライトが照らすボートと、溺者の群れがいた。

麗子は正直なところ、今にも胃壁がでんぐり返りそうだった。

「どこでこんなの覚えたの⁉」

「アメリカ海軍にはEC—130TACAMO機ってのがいる。海中の潜水艦に命令を下すための通信飛行機だ。海中まで電波を送り届けるために、長さ数キロの通信ケーブルを、垂直に垂らさなきゃならん。そのために、同一軸を中心に旋回する技術が必要なのさ。もっとも、こいつで攻撃すると、高度があり過ぎて命中率が落ちる。それに、同一方向への旋回は中耳管のバランス感覚をひどく損ねる。本当は厳禁のテクニックだ」

「海保の救難ヘリが、あと一〇分で到着するそうです。『さわぎり』の後続機は、今ハンガーから出て油を入れるところだそうです」

「了解」

飛鳥は、それをラウドスピーカーで海面へ伝えると、水平飛行に移って緑魔島へと方向転換した。


緑魔島のジャングルの中から、イヴリ少佐は接近するヘリコプターのローター音を聞いていた。ローター音が途絶え、離脱した《ブルドッグ》がサーチライトを海面に落とし始めたところで何が起こったかを把握した。

「時間を有効に使おう。ポラード少佐とハザー伍長は、ヘリの修理に帰る。同時にピックアップは、無事な弾薬集積所から補給弾薬を持って帰る。われわれは、二カ所のトーチカを中心にコテージを攻め、人質を奪還する」

「今度は『スティンガー』を使用して構いませんね？」

「無論だ。こちらからも、『スティンガー』を使う。たぶん、君たちが離陸するより先にこっちで撃墜できるだろう」

イヴリ少佐は、コテージを囲むようにして作られた二基のトーチカのうちのひとつに入って、攻撃陣形を築き始めた。


もぬけの殻になったオーナーズ・ルームのテラスに出ていた土門は、『ゆきしお』を中継した無線でアクシデントの発生を知らされた。

「仲間の心配はあとにしよう。今は、ここを支えることだ。最低一時間はな」

「一時間どころか、三〇分だって無理だ……」

絨毯に転がされた黒田代議士の息子が呟いた。

「コテージを囲むように、二カ所のトーチカがある。もともと戦時中に軍が造った代物だが、自然の風穴の上に数トンものコンクリートをかぶせて補強した。あそこから狙われちゃあ、ひとたまりもない」

トーチカなんてのは偵察写真になかったぞ……。無線機で矢部二尉を呼び出した。

「トーチカが二カ所あるらしいが、そこから見えるか？」

「いえ。もしそうなら、かなり巧妙にカムフラージュされていますね。われわれは挟まれたようです」

「こちらへ脱出したほうが安全だと思う。《ブルドッグ》が来るまで頑張ってくれ」

弾薬はまだ半分以上残っている。大型火器はないが、当分は大丈夫だろう。

「皆んな聞け。回収ヘリが墜落した。しばらくここで持久する。そんなに長くは——」

突然、大音響とともに、足元が崩れ落ちた。

サイドボードのグラスが派手な音を立て、床で割れた。埃が舞い上がり、眼の前が一瞬真っ暗になった。テラスに出る間のソファの真下に、直径一メートルを超える大きな穴が開いていた。

土門は匍匐姿勢のまま、ゆっくりと廊下側へと後退した。黒田は、防ぎようがなくて泥をかぶり、激しく喘いだ。

「隊長、敵のウォーキートーキーが何か言ってます」

「貸せ」

土門は腹這いのままウォーキートーキーを受け取った。こちらに呼び掛けているようだった。土門は呼吸を整え、ウォーキートーキーのプレストーク・スイッチを押した。

「私は土門中佐だ。鎮圧部隊を率いている。何か用か？」

「私はイヴリ少佐だ。今のは、挨拶代わりだ。第一ラウンドは貴方の勝ちを認めよう。だが、君たちに勝ち目はない。降伏を提案する。人質を返したまえ」

「あいにくだが少佐、われわれは貴方がたを受け入れる準備はあるが、自分たちの降伏は考えてもいない」

「間もなく考えるようになるさ」

降伏勧告の終了と同時に、散発的な砲撃が再開した。土門は、黒田を引きずって廊下へ出た。

「あいつらの装備はどのくらいあるんだ⁉」

「俺は軍人じゃない。そんなこと知るはずがないじゃないか」

「バズーカやミサイルぐらいの区別はつくだろう。いいか、俺たちが敗れるってことは、貴様も一緒に死ぬということなんだぞ！」

「カールなんとかって言うバズーカと、弾が三〇発。肩撃ち式の地対空ミサイルが四発。それをコロンビアからフネで直接陸揚げした」

『スティンガー』ミサイルの二発は屋上で回収した。だが、『カール・グスタフ』の榴弾や対戦車弾頭を三〇発も喰らった日には、この三階建てのコテージもただの瓦礫の山になる。

「民間人を北側の廊下に移動させて、ベッドやソファでバリケードを作れ。岩崎、《ブルドッグ》の隊長と直接話したい。最初は敵が使っていた武器で応戦しろ。道路寄りに仲間がいる。射線を確認しながら撃て」

　こうなっては、『さわぎり』にいるもう一機のヘリを呼び寄せるには、危険が多すぎる。後続部隊は、たぶん習志野から『ハーキュリーズ』で出撃することになるだろう。とても一時間では無理だ。ヘリの墜落なんてのは、代替案になかった。つまるところ、作戦を立案した俺の責任ってわけだ……。

　岩崎が腹這いになったまま八五式野外無線機のヘッドセットを差し出した。

「こちらスパイダーマン1。《ブルドッグ》の機長と話したい！」

「こちら《ブルドッグ》、飛鳥だ。本当なら貴様に正体を明かすことなく作戦は終わるはずだったんだがな」

「飛鳥⁉　クレイジー飛鳥か？　今のうちに教えておく。コテージの前方三〇メートルの藪の中に部下が孤立している。滅多やたらとぶっ放すな！」

「なんだ。俺がいなきゃ、もち堪えられんのか？」

「貴様らの偵察機は、コテージを囲むようにトーチカがあるなんて教えちゃくれんかったぞ！　戦時中に軍が造ったらしい。そこから、カール・グスタフで狙われている」

「上からちょいと掃除してやろうじゃないか」

「やめろ。ジャングルの覆いを取り除いても、トーチカを潰せるわけじゃない。それどころか、遮蔽物をなくすことで『スティンガー』に良好な視界を与えるだけだ。少なくとも、まだ二発は残っている」

「貴様の部下をコテージに退避させる間、上から牽制してやる」

「こちらへは駄目だ。庭を突っ切るほんの二〇メートルの間に狙撃される」

「煙幕弾をぶち込むか？」

「敵も一緒にやって来る。二人は、そのまま滑走路方向へ退避させたい」

「了解した。トーチカの場所は解るか？」

「顔なんぞ出せるような状況じゃない」

土門はヘッドセットを置くと、敵が残した武器の山に注目した。こっちが持参したほども残されてはいなかったが、手榴弾が一〇個余りあった。

「岩崎、この手榴弾を使わせてもらおう」

「こんなもんで無茶ですよ。だいたいジャングルに遮られて届きはしない」

「屋上に出て、いっぱい退がって、追撃砲みたいに急角度の放物線を描いて放れば届く。しかも、こっちが被害を被ることはない。やって見る価値はある。牽制にはなるさ」

「そいつは高校野球出身の森本と杉山にやらせましょう」

土門は、矢部二尉を退避させるため、ウォーキートーキーのスイッチを入れた。

飛鳥は滑走路の上を横切りながら、孤立した戦闘員に赤外線フラッシュライトを点灯させるよう間島に命じた。丁度その時、真下の給水塔の残骸に二人の敵が接近しつつあったが、間島も飛鳥も自分の作業に忙殺されて気づかなかった。

「さて、どうしたもんかな……」

「残ったヘリを滑走路方向から接近させて、兵隊さんが南側から追い立てるようにすればいいじゃないの？」

コーパイ席に座る麗子が提案した。

「それでトーチカを潰せるわけじゃない。第一、そりゃもの凄く時間を喰う。いざという時、こっちの攻撃の邪魔にもなる」

「じゃあ、コテージの死角になる北側にヘリを着陸させて――」

「二つの理由から無理だ。あそこは、あまりにも気流が不安定だ。軍人だけならともかく、民間人をそんなところで乗せるわけにはいかん。もし無事に収容しても、テロリストはここぞとばかり狙い撃ちして来るさ。とにかく、ヘリは戴けない。あいつは、泥にはまった牛みたいに鈍重な代物だ。ベトナムでの米軍だって、離着陸の六〇秒が命取りになってずいぶん人命を失った」

飛鳥は、『スティンガー』に狙われるのを回避するために、一〇〇〇フィートを切る超低空で、コテージの上空を二周した。フラッシュライトの反応があり、二人の兵士が南へと脱出し始めた。

「解るか間島⁉」

「ええ。一基は、コテージの北端の窓から東南東寄り、四〇メートルの位置です。もう一基は、南端から真南へ六〇メートル」

「向こうが持って来た野外無線機には、データリンク機能があるはずだ。ファクシミリにして送ってやれ」

「了解」

「ドクター！　ダミーを用意してくれ。射手は後ろへ行って手伝ってやれ。ダミーで時間を稼ぐ」

柴崎は、戦闘服を着せられたマネキンを縛帯からほどきながら、「全部ですか？」とコクピットに聞き返した。

「そうだ。全部一度に降下させる」

マネキンを後ろへ移動させ、パラシュートのシュラウドラインをレリーズ装置に引っ掛ける。一体で二〇キロの重量はあるマネキンなので、ほぼ普通の人間と同様の降下過程をたどるはずだった。

柴崎は、マネキンが肩から掛けるおもちゃのサブマシンガンの筒先から、爆竹の導火線を引っ張り出した。それにしても、四体ともひどいメイクや飾りが施してあった。『神風』と書かれた日の丸の鉢巻を締めた奴はまだましなほうだ。口紅からアイシャドーまで化粧したゲイボーイふうや、戦闘服の下に派手なレオタードを着込んだプレイボーイ・マガジンふう、極めつきは、足の指から、耳朶に至るまで、ぎっしり写経された〝耳なし芳一〟ふうだった。

機体が水平飛行に移って、後部ドアが開かれる。柴崎は、爆竹の導火線にライターで火を点けた。

「カミカゼ・ボーイから坊さんまで、ちゃんと役目を果たしてこいよ！」

四体のダミー人形は、島の北東上空でパラシュートを開くと、高度一〇〇メートル付近で派手に爆竹を鳴らしながらジャングルへと落下して行った。飛鳥は、後方監視カメラで、ダミーが立派に任務を果たす様を見守った。トーチカから曳光弾がダミーを目掛けて発射された。敵は今後、ずっと後方を警戒しなきゃならない。

「これからどうするの？」

「降りる。降りて、装甲車で迎えに行く」

「無茶ですよ⁉」

尋ねた麗子ではなく、小西が怒鳴り返した。

「この滑走路は一〇〇〇メートルしかないんですよ。いったん着陸したが最後、離陸は無理です。もし可能でも、滑走路状態は最悪です。この路面状態では、着陸しただけでパンクする」

「解っている。だが、こいつをこのまま飛ばしていても役には立たん。こいつは、機長の決定だ。それとも、徹甲弾をトーチカにぶち込んで、敵を皆殺しにしてもいいっていうんなら別だが」

麗子は、今度は反論ができなかった。そもそも敵の兵力が崩壊した時点で、徹底的に叩いていれば、こんなことにはならなかった。それは、攻撃を制限した麗子の責任でもあった。

「いいわ。降りましょう」

飛鳥は、脚を降ろした。

「射手はいったんガンを引っ込めてシャッターを閉じろ。これから着陸する」

滑走路を全部走るつもりはなかったので、真ん中辺りにタッチダウンした。ひどく整地の悪い路面で、たちまちタイヤがバウンドし、機体が浮き上がった。その分の数十メートルの制動効果がたちまち失われる。飛鳥はチッと舌打ちしながら、エンジンブレーキを開いた。

スポイラーを立てて機体の対抗を増す。バウンドは収まったが、もう滑走路のエンドラインがそこまで近づいていた。飛鳥は機体が横滑りするのを覚悟でブレーキペダルを踏み込んだ。アンチスキッドが効いて機体が揺れる。

今度は、小西がチッと舌打ちした。

「左一番タイヤ、パンク！」

「もたせろ！　このままターンする」

もう方向舵は効かない。飛鳥はステアリングを捻ってエンドラインでライトターンを切り、ブレーキペダルをいっぱいに踏み込んだ。主軸輪が草を噛んでつんのめるように止まると、飛鳥はほっとする間もなく、ショルダーハーネスを外してコクピットを飛び出した。

「解っているな⁉　間島」

「はい、機外監視モニターON！　システムをフル稼働します」

　小西もシートを立った。

「俺が行きますよ。仕掛け爆弾（ブービートラップ）の外（はず）し方を知っているのは、俺だけですからね」

「一方あのバイクに一番慣れているのは俺だ。行きたいんならケツにしがみついてろ」

　二〇メートルある後尾へ歩くまで、飛鳥は次々と命令を下した。

「一二・七ミリ機銃を後尾に据え付けて、俺たちが出たら、下のランプドアを閉めろ。六〇式装甲車が積む弾薬も準備しておけ」

　小西は六四式小銃を取った。二人は、航空ヘルメットを鉄かぶとに代えてバイクに股がった。飛鳥が二、三度スロットルを吹かすと、柴崎が左手の指を広げて、降下式と同じ動作で二人を送り出す。指が一本ずつ折られ、二本になった時、ランプが開き始めた。飛鳥は、それが一番下まで折れる寸前、地面へと飛び出した。

　路面状態はけっしてよくはなかったが、飛鳥はスロットルを全開して、藪の中へ突っ込んで行った。時々ヒュンヒュンと、弾丸が耳元を掠（かす）める。敵は狙って撃っているようだった。装甲車まで二〇〇メートル近くを一気に駆け抜けた。

　小西がパレットに飛び移り、装甲車の下腹に潜り込んで脱出ハッチを開き、中からブービートラップを外してドアを開けた。

「ロックを外してください！　エンジンを掛けます」

前方はひしゃげたジープが塞いでいたので、後方へ脱出するしかなかった。

エンジンが二、三度咳き込んで掛かった。飛鳥は腰を屈めながら装甲車を一周してチェックした。あちこちに弾丸が掠めた跡があったが、貫通弾はなかった。後部の扉を開いてバイクをキャビンに積み上げた。

「一一トン分のドンガメを運んで来ただけのことはある。出発するぞ」

「頑丈なだけが取柄ですからね」

小西は戦車と同じ二本の操縦桿を操作して、六〇式装甲車をパレットから降ろして、《ブルドッグ》へ向けて前進させた。

飛鳥はウォーキートーキーで間島を呼び出した。

「滑走路付近に動くものはあるか？」

「いえ、今のところはありません。敵がいることは確かですが、動いてはいません。こちらへ来て大丈夫です。脱出した二名は、まだ七〇〇メートルほどあります」

「後ろへ着ける。小西、バックして《ブルドッグ》のケツに着けろ」

「了解」

装甲車はキャタピラの音を軋ませながら、《ブルドッグ》の主翼をくぐり、バックで尾翼の真下に着けた。

「機銃を装着して弾薬を入れろ。燃料は往復ぐらいなら持つだろう。問題は、誰が行くかだが……」

「当然医者は行かなきゃならない」

柴崎は早々と医療バッグをキャビンに放り込んだ。

「こいつを扱えるのは、俺だけです」

小西も行く覚悟だった。

「いや、お前は残ってパンク修理だ。ジャッキアップと交換タイヤは持って来ているんだろう？」

「じゃあ、森本士長を操縦者として乗せます」

「いや、《ブルドッグ》の警備に人を残しておきたい。ドクター、あんた鉄砲の撃ち方ぐらい知ってるんだろうな？」

「引金を引きゃあいいんでしょう？」

「それだけ知ってりゃあ何とかなるだろう」

「二人で行くつもりですか？」

「途中で陸の人間と落ち合えば、四人になる」

「援護もなしに自殺行為ですよ⁉」

「だから棺桶に乗って行くのさ。ドアを閉めろ。退避中の戦闘員に迎えが来ることを伝えろ。小西、貴様が最先任になる。指揮権を譲るぞ」

飛鳥は二分と留まらずに、滑走路を横切ってジャングルの中へと分け入った。

小西がコクピットへ帰ると、麗子が「なんて無責任な機長⁉……」と呆れて呟いた。

「そんなこと言っても、行っちゃったんだから、しょうがないじゃないですか」

「機長はいない。コーパイは脱出。いざという時、誰がこの機を飛ばすのよ⁉」

「飛ばないだけのことです」

「とにかく、パンク修理が先だ。間島、監視を密にしてくれよ。ここで死ぬのは構わんが、俺のブルにこれ以上傷を付けられたくはない」

装甲車の前進は、ポラード中尉によってイヴリ少佐へ無線連絡された。麗子はレフトシートに移って、ディスプレイに対人レーダーの映像を呼び出すと、《ブルドッグ》のテクニカル・ブックを大急ぎでめくり始めた。

9章　勇者たちの死闘

防衛省中央指揮所の鳴海は、佐竹が苛立ちぎみの声でてきぱきと電話をさばく様子を見守っていた。ことここに至っては、後方からできる支援など皆無にも等しかった。墜落したヘリのクルーたちが、全員無事に救出されたことが、唯一歓迎できるニュースだった。

「木更津の『ハーキュリーズ』にアクシデントが発生したようです。軽微な油漏れだそうですが、出発にあと一時間は掛かります。到着にはさらに一時間」

「戦闘機を出して、トーチカを爆撃するというわけにはいかんのかね？」

「無理です。夜間に、あれだけコテージに接近した場所に爆弾を落とすのは、《ブルドッグ》ですら困難です」

「ヘリで、滑走路の南端に人員を送るとか、ボートで船着き場から上陸するとか

……」

「敵に『スティンガー』ミサイルが残っている状況では、ヘリの投入は場所がどこであれ危険です。船着き場は、岩礁地帯に、《ブルドッグ》が破壊した敵のボートが擱座していて、少なくとも夜間には上陸できない。申し訳ありませんが、鳴海さん、こ

れは現場の判断を尊重するしかない。飛鳥という男は、ときどき無茶をしますが、センスは抜群です。あいつの判断に賭ける価値はある――」

「彼の才能は認めるが……」

こんな危険な任務に、友人のお嬢さんを巻き込むべきではなかった。鳴海はそう後悔していた。

コテージまで、あと五〇〇メートルというところで、飛鳥は矢部二尉らと合流した。

「空自さんは、相変わらず無謀ですね」

「まっとうな神経じゃ、パイロットは務まらんのでね」

道幅は三メートルしかなく、もし『カール・グスタフ』で狙われたら、逃げ場のない危険な場所だった。だが矢部は、キャビン内に置かれた『カール・グスタフ』を発見して目を丸くした。

「こんなものまで!?」

「弾は対戦車榴弾が三発。使い道があれば、提供するぞ」

「これで、少なくともトーチカのひとつが潰せます。西の奴を潰しましょう。東のほうは、ダミーを警戒して周囲に警戒の網を張り巡らせているはずですが、西なら手薄な可能性がある。トーチカは弾薬庫も兼ねていますから、一発放り込めば、大爆発を起こしますよ。途中でわれわれを降ろしてください」

「いいだろう。俺たちは、そのまま前進して囮になる」

飛鳥は間島を呼んで、周囲を探らせた。

「ジャングルのせいで、うまい具合に対人レーダーが機能しません」

「装甲車は映っているんだろう？」

「そいつは図体がデカイから隠れようがないですよ。もし匍匐前進で接近されたら、こっちは探知しようがない」

「了解、速度を落として警戒する」


ポラード中尉とハザー伍長は、燃料タンクの修理を終え、ほんの一〇分飛行できるだけの燃料を注いだ。最初はそれで充分だ。『スペクター』の左脇にある補助動力装置が発生する高温目がけて、『スティンガー』を発射するだけでいい。滑走路に相当量の破片が降り注ぐだろうが、ほんの三〇分もあれば掃除できるはずだった。しかも、『スペクター』は今、こっちにケツを振っている。この『ディフェンダー』のエンジン音を聞きつけて離陸しようとしても、明らかに手遅れなはずだった。

二人は、頭上のカムフラージュを取り除くと、コクピットに入ってエンジンを始動した。

「よし、行こう！」

「西から援護があるはずです」

「瓦礫の上に、一瞬上昇して『スティンガー』を撃つ」

　ローターが地面を叩き、『ディフェンダー』はゆっくり離陸した。

　間島は、『ディフェンダー』がエンジンを掛けるほんの二分ほど前に、瓦礫に隠れて作業する二人を見つけていた。小西は、三人掛かりでのパンク修理を終え、ジャッキアップを機内に持ち込んだところだった。

　後尾に据え付けられた一二・七ミリ機銃を担ぐと、天井にある後尾緊急脱出口を開いて尾翼に昇った。弾帯を肩から首に巻き付ける。麗子がラウドスピーカーを使って英語で投降勧告を行なっていた。

「無駄なことを……」

　小西は弾薬ベルトを装着した。

　ヘリの離陸と同時に、敵の攻撃が始まったが、たぶん距離があり過ぎるせいで、てんであさっての方角に弾着していた。

　垂直尾翼の陰で、仁王(におう)立ちになり、機銃を右の脇腹に構える。そこは、敵の地上部隊からはまったくの死角になっていた。もちろん、垂直尾翼のジュラルミンの楯(たて)など、防弾壁としては、スポンジほどの役にもたたなかったが。

ヘリが一〇メートルほど一気に高度を取って舞い上がった瞬間、小西は反射的に引金を絞った。

「くたばれ！　ブタ野郎。俺の《ブルドッグ》には、指一本触れさせねぇぞ！」

曳光弾(えいこう)が、まるで磁石か何かで引っ張っているようにヘリのエンジンに吸い込まれていく。コクピットのガラスが飛散した次の瞬間、『ディフェンダー』ヘリは真っ赤な炎に包まれ、ポラード中尉の「そんなバカな⁉……」という苦悶の呻(うめ)き声を包んだまま、地面に激突して大爆発した。

コクピットに帰ると、麗子が憮然(ぶぜん)とした表情で待っていた。

「貴男がたの、能力には敬意を払います。しかし、物事には順序というものがあるでしょうに！」

「お嬢さん。そんなことは、離陸と同時に『スティンガー』ミサイルを撃とうとしていた、あのヘリのパイロットに言ってやんな。今度、偉そうな口を叩いてみろ。《ブルドッグ》から放り出すぞ！」

「喧嘩どころじゃない。静かにしてくれ！」

モニターに視線を釘づけにする間島が怒鳴った。

「装甲車に、二方向から敵が近づいているぞ」

二人は、間島を挟んでモニターを覗き込んだが、フラクタルで乱雑な図形は、素人にはまったく理解できなかった。

「どこにいるんだ⁉」

「間もなく道路へ出る。装甲車の一〇〇メートルほど前です。こんなところから『カール・グスタフ』を撃たれたんじゃ、ひとたまりもない」

「隊長に後退しろと伝えろ」

「退がるような人じゃないでしょう⁉」

「援護しましょう」

麗子は逡巡なく決断した。

「どうやって？　バイクで追い掛けるかい？」

「貴男、操縦の経験は？」

「おいおい、審理官殿。バカなことは考えないでくれ。俺は地上なら、ステアリングハンドルを使って一センチ刻みでこいつを動かせるが、一ミリでも地上を離れちゃ、俺の手には負えない」

「でも、スロットルぐらいは操作できるでしょう？　可能性を論じている暇はないわ。私が飛ばします」

小西は、まるで目眩にでも襲われたかのように白眼を剝いて首を振った。

「何てこったい……。とんでもねぇ客を乗せちまったぞ」

小西はコーパイ席に収まると、航法コンピュータで、離陸速度の計算に掛かった。選択の余地がないのは、明らかだった。

「V1、V2、もう計算したわ」

今度は、間島が腰を抜かす番だった。

「まさか⁉　何考えてんです、機付き長⁉　この人は、パイロットとは言ってもパイパーの経験しかないいんですよ。こりゃあ、原付きとハーレーの差なんてもんじゃない！」

「いずれにせよ、同じ原理で飛ぶことには間違いない。恐いのなら降りろ」

小西は事もなげに言うと、ショルダーハーネスを締めながら、ヘッドセットのスイッチを入れた。

「皆んな離陸準備に入れ。装甲車を援護する。機長は、有り難いことに審理官殿だ。びくつく奴は、あとで隊長からおしおきがあるものと思え」

小西は次々とエンジンスタートボタンを押し、

「さあ、覚悟を決めようぜ」と呟いた。

ステアリングハンドルを握って滑走路の東端まで移動し、スタートポジションに着くまでは、小西が受け持った。

「断っておくが、この距離での離陸は、飛鳥さんでも難しいだろう。タイヤが一本でもおしゃかになれば、停止も離陸もならず、海へドボンだ」

「いいわ。行きましょう」

麗子はブレーキペダルをいっぱいに踏み込むと、右手を四本のパワーレバーに置いた。その上から小西ががっしりとした左手を乗せる。

麗子はほんの一瞬だけ、幸運だった自分の人生を振り返った。どこかに落とし穴が潜んでいるなんて、ただの一度も疑ったことはなかった。自分にとって、選択肢はいつも無限だった。神様は——、もし存在するならだが、いつも私のそばにいてくれたに違いない。恵まれた家庭に、望むどおりの学校に、金銭的には悩みのない人生だった。けれど、神様……。

エンジンの高鳴りを聞きながら、麗子は呼び掛けた。この後のあたしの人生が、どれほど不幸に見舞われようとも、あと、ほんの一時間、せめて三〇分だけでいいから、あたしに、ありったけの幸運をください……。

あのひとを、あの男たちを助けてください。こんな報われない場所で、ろくな報酬もなく、誰の支援も拍手もなく、『任務だから』の一言で命を賭ける、あの真摯な男たちを守ってください！……。

小西が左手に力を込めた。

「レッツ・ゴー！」

麗子は、ハッとわれに返り、ブレーキペダルから離した足をラダーペダルに預けた。

《ブルドッグ》は、まるで麗子の願いを聞き届けたかのように、勢いよく走りだした。まるでそれは、闘牛場へ引き出された雄牛のような勢いだった。だが、離陸速度に達するには、あまりに《ブルドッグ》は鈍重で、滑走路は短かった。ローテーション速度に達する前に、滑走路は途切れてしまった。

小銃の曳光弾が目前をヒュンヒュン横切るが、回避する術はなかった。

麗子は、滑走路のエンドラインがノーズギアの下に潜る寸前に、ホイールを手前に引いた。一瞬浮き上がった機体は、だがすぐに野原に接地して機体を激しくバウンドさせた。しかし、結果的にそのバウンドが、《ブルドッグ》を空中へと押し上げてくれた。

「浮いたわ！」

小西は脚を収納し、武器員にシャッターを開いて、砲を出すよう命じた。

「攻撃の方法は解っているな。ターゲットを承認するだけ、引き金を引く必要はない」

「間島、そっちで、ターゲットを承認してやれ。あんたは、照準レクチルの高度差を読んで、機体の水平角を上下させればいい。他の操作は一切いらない」

「了解。右旋回するわね」

麗子はゆっくりと右のラダーを踏み込んだが、ひどく右足が重かった。この飛行機は、まるで十年以上乗り込まれた癖だらけの中古車みたいだ。

矢部二尉を降ろすため、いったん停止した飛鳥は、頭上を舞う『ハーキュリーズ』の羽音に気づいた。

「ようやく、後続部隊が来てくれた」

勘違いした柴崎がほっと溜息を漏らした。

「後続部隊なもんか⁉　ありゃ、《ブルドッグ》だ！」

飛鳥は、ウォーキートーキーのスイッチを入れた。

「俺のシートにいるのは、いったいどこのどいつだ⁉」

「抗議は後にしなさい！　二方向から装甲車に接近する者がいるわ。上から始末するから、もう二〇メートル後退し、できればブッシュに装甲車を突っ込んでじっとしてなさい！」

一〇〇メートル退がったって、危ないに違いなかった。

「降りるのはもう少し待ってくれ。しばらく後退する」

飛鳥は矢部に命じると、ブツブツ呟きながら、ギアをバックに入れた。この装甲車にはバックミラーなんて便利なものはなかった。

「誰か、後ろを見てくれ！」

ブッシュの浅いところを見つけて、そこへケツを突っ込んだ。

まるでじゃじゃ馬じゃない！……。麗子は悪態をつきながら緑魔島への北東へ旋回し、《ブルドッグ》の癖を摑もうとした。《ブルドッグ》は、『ハーキュリーズ』の最新モデルで、舵の操作をコンピュータに連動した電気信号で行なうフライ・バイ・ワイヤー・システムを導入していたが、ホイールの反応は、パイパーに比べて明らかにワンテンポ遅かった。

島の東へ抜けるとUターンし、コテージを右前方に捕捉しながら、機体を左へ傾ける。ほんのちょっとホイールを左へ回しただけで、あっという間に機体は四五度近く左へ傾いた。

コクピットかの後ろから、「助けてくれ！」と叫び声が上がった。麗子は慌ててホイールを中央に戻して、エルロンを畳んだ。

「黙ってなさい！　こっちも必死なんだから」

「大丈夫だ。ただし、こいつが左旋回専用機だってことを忘れんでくれ」

今度は慎重に機体を傾けた。ＨＵＤには、すでに目標がいくつも映っている。だが、照準レクチルは、あろうことか真っ先に装甲車にターゲット・オンした。

「何よこれ⁉」

付近で一番大きい目標にロックオンするのは当然のことだった。

「キャンセルして、手動でマーキングします」

間島は言うが早いか、キーボードを叩き、左手でジョイスティックを操作して彼が選択した目標に照準レクチルを固定した。

麗子は、なかなかその照準の中心で機体を安定させることができなかった。そもそも、首を捻って左のＨＵＤ越しに機体を操るのがひと苦労だった。ほんの一瞬でも気を抜いたが最後、ジャングルに突っ込みそうな気がした。

結局、麗子は、小刻みに正面とＨＵＤを見遣りながら飛ばねばならなかった。あいつは、事もなげにやってのけていたのに……。他の、とりわけ男にできて、自分にできないことが歯痒かった。

「歩巳さん、飛行機の慣性を信じなさい。真っ逆さまに地面に激突するなんてことは飛行特性からいってあり得ない。私は、ずっと正面を監視しているから、もし危なくなったら、あんたに構わず、ホイールを握る」

小西は、諭すような優しい口調で語り掛けた。今は、好むと好まないに拘わらず、彼女に頑張ってもらわねばならなかった。

「厳密に、レクチルに捕捉する必要はありません。二、三〇メートル内に着弾すれば、爆風で敵を倒せますから」

間島も声を掛け続けた。「貴女ならやれますよ。大丈夫」

まるでフネがたてゆれ(ヨーイング)を繰り返すように、ターゲットを挟んで、丸いレクチルが上下に揺れた。その角度は、徐々に小さくなっていった。

「三、二、一……」

間島が秒読みし、一〇五ミリ砲から榴弾が発射される。地上に閃光が走り、爆風が機体に撥ね返って来る。麗子は、まったく不謹慎ではあったが、その瞬間、セックスでは到底味わえないエクスタシーを感じた。

「次、西の敵を！」

右旋回に移る。間島はすかさず、後方監視カメラに切り替えて、『スティンガー』ミサイルを警戒した。だが、間島より先に、シートから身を乗り出していた小西がミサイルの赤い排気ジェットを発見して「回避(ブレイク)！」と叫んだ。

軍用機のパイロットたちは、「ブレイク」というフレーズには、生理的に反応する。コンマ数秒の判断ミスと操作ミスが、即、撃墜に直結するからだ。だが、麗子にとっては聞き慣れない言葉だった。

麗子が反応する前に小西の指がホイールのチャフ・リリース・ボタンを押し込んだ。赤いマグネシウム発光弾が、テープを投げたみたいに、機体の前方に向かって、鮮やかに輝きながら扇形に飛び出していく。小西はそれに続いて、ホイールをぐっと前に倒した。《ブルドッグ》は、その赤外線フレアが作った絨毯の下へと潜ってゆく。

赤外線フレアを《ブルドッグ》と見誤って激突した『スティンガー』ミサイルの爆風が機体を激しく叩いた。

《ブルドッグ》は、あっという間に、コテージの高度より低く突っ込んだ。麗子は必死にホイールにしがみ付き、前へ抱き寄せた、

「お願い！　ホイールを引っ張って！」

小西はパワーレバーを前に倒しながら、一緒になってホイールを引っ張った。失速寸前だった。失速警報が鳴り響き、コンピュータの合成音が「機首上げ（プル・アップ）！　機首上げ！」と叫ぶ。視界を海面が覆い尽くす。水平線は、コクピットの遥（はる）か上にあった。

これまでと思った瞬間、機体は、何かに掴まれたようにフワリと浮かび上がった。

エンジン音が高まり、今度はぐんぐん上昇していく。

麗子は青ざめた顔で、震えるような溜息を漏らした。

「た、助かった……」

「われわれはね」

そうだ。助ける必要のある連中がいたんだ……。麗子は急いで攻撃コースに復帰した。

間島はターゲットを見失っていた。最初の攻撃で相手が警戒したせいに違いなかった。

「どうして見つからないんだ⁉」

「FLIRも低光量テレビも万能じゃない。物陰に隠れれば、センサーはごまかせる。二〇ミリ・バルカンでジャングルを開拓しましょう」

まったくもって、こんなにバカスカと大砲を撃つために《ブルドッグ》に乗ったんじゃなかったのに……。

二〇ミリ・バルカン砲が断続的に火を噴くと、FLIRのモニターは地上の高熱で全天真っ白に染まった。その中心部に、一〇五ミリ砲をぶち込む。今度は、ミサイル攻撃はなかった。幅にして五〇メートル、長さにして一〇〇メートル近い範囲内が、《ブルドッグ》が飛行した僅か数秒で、鬱蒼としたジャングルから、山火事と竜巻きに襲われたあとのようなハゲ山の原野に変わった。

「凄まじい環境破壊だ」

この中から、人間の原型を留めた死体を捜し出すのは、たとえ地上からでも不可能に違いなかった。

麗子はヘッドセットで飛鳥を呼び出した。

「こちら《ブルドッグ》。掃除は終了。前進してオーケーよ。このまま上空で警戒に当たります」

「お嬢さん。頼むから、墜落する時は、俺たちの真上だけは避けてくれ」

「貴男が妙な癖をつけたから苦労しているわよ！　減らず口はよして、さっさと救援に行きなさい。煙幕を張って援護してあげるから」

「了解した」

麗子は無線を切ると、滑走路脇の敵を片づけるために、機体を左へ振った。

10章　壮烈な戦死

篠田は、灯りの消えたハンガーの中で、一機の双発ビジネス・ジェット機の後退翼の翼端をマグライトで照らしながら見上げていた。

「操縦経験はおありですか？」

「もとは三菱のMU—300だが、ビーチクラフト社が販売権と製造権を買い取って、ビーチクラフト400ビーチジェットとして販売している。アメリカで乗ったことがある。いい機体だ」

「こいつは、もとの『ダイヤモンドⅡ』です。帝国建設が、財テク用に二カ月前買い取った機体で、パイロットはいません。もう買い手は決まってますが、たぶん、誰が乗ることもなく、所有者だけ転々とするんでしょう」

　整備服の男は、さも悲しげだった。

「今はどこも金余りで、中古機市場は過熱ぎみだからな」

「二五ミリ・アデン砲ポッドを胴体下に装着しました。英軍が『シー・ハリアー』に使っていたものの横流しです。もちろん廃棄処分品ですが、状態は問題ありません。ただ、射軸の調整は一切してありませんから、飛行中に試し撃ちをお願いします。トリガーはホイールに接続しました。弾は三〇〇発。あっという間になくなりますから、気をつけてください。六発置きに曳光弾が入っています。燃料も満タン」

篠田はジュラルミンのトランクを左手で支えて、中をマグライトで照らした。

「USドルで一〇万ドルある。これからどうするんだい？」

「明日の一番で、アメリカへ飛びます。そこから南米へ渡るつもりです。中古の部品しか手に入らない劣悪な所で、整備士としての自分の腕を試してみたいです。こんな国には、もううんざりです。最初は、いよいよ自家用機ブームが到来したと糠喜びしましたがね、結局、この国には投機屋しかいなかったってことですよ。飛びもしない飛行機を銀行員に見せるためだけにワックス掛けて磨く作業は、もうご免です。

もう一度、一緒に飛びたかったですね。貴方みたいなパイロットと仕事したかったですよ」

「こんなちっぽけな星だ。まあ、そのうちどこかで巡り会えるさ」

「アマゾンのどこかで、エンジントラブルである日、僕の真上に降りて来るなんてことがありそうですね。貴方ならあり得そうだ」

篠田は別れを告げるとキャビンに入り、内側からラダーを引き込んだ。コクピットに座り、ＩＮＳ慣性航法装置をインプットする。エンジンをスタートすると、ジュラルミンのバッグを下げた男は、ハンガーの巨大なドアを開き、親指を立ててにっこり微笑した。

滑走路に出る頃、ようやくタワーがざわつき始めた。無線コールがひっきりなしに掛かって来る。もちろん、答えはしなかった。民間航空ハンガーから滑走路を挟んで反対側にある航空自衛隊基地から、ジープが発進したが、その時にはもう『ダイヤモンドⅡ』はＶ１速度を超えていた。

ただ篠田は、その同じ基地から数時間も前に《ブルドッグ》が出撃したことは知らなかった。

『カール・グスタフ』ロケット砲を持つ矢部二尉と、冬戦教から参加した藤原曹長の二人は、《ブルドッグ》が焼け野原にしたジャングルの一端で装甲車を降りると、西方向へと前進した。遮るジャングルはなかったが、あちこちで小さな炎が燻っていた。装甲車は、二人が前進を始めてから五分後に出発し、トーチカに潜む敵を牽制する手筈になっていた。

迎え撃つイヴリ少佐は、東サイドのトーチカで襲撃計画を練っていた。形勢はまだ五分五分だった。

命からがらコテージを脱出したミスター・サマーは、忿懣やるかたない表情で悪態をついていた。

「人質がいるというのに、連中の派手な攻撃はいったいなんだ⁉　それに、何で篠田は援護に来ん⁉」

「篠田が得た情報では、攻撃は深夜二時の予定だった。それ以前に奴が現われても、自衛隊のカモになるだけです。まあしかし、そろそろ二時を回る。今は、脱出に全神経を注ぎましょう」

三十数名の兵力は、今や半分以下にまで減っていた。『ディフェンダー』ヘリも失い、戦闘のプロを集めた傭兵集団は、瓦解(がかい)寸前だった。

「ジョーダン軍曹、人質を奪還する可能性があると思うか？」

「敵の兵力は、われわれとどっこいどっこいです。いったんコテージへ入ってしまえば、『スペクター』は手出しできない。残った『カール・グスタフ』は一丁。一〇発ばかりコテージにお見舞いしてから、突っ込むというのがセオリーですが、向こうだって黙っちゃいないでしょう。大事なことは、こっちが優勢にあることを常に印象づけることです。豊富な弾薬と経験で圧倒していることを、敵に認識させるんです。向こうが焦って出て来るまで待ちましょう」

「冗談じゃない！　人質を奪還するんだ」

サマーが吠(ほ)え立てた。

「人質を奪還してこそ、この島から脱出できる。われわれだけじゃ、潜水艦だろうがジェット機だろうが、五分と待たずに攻撃されるぞ。人質は、われわれの安全を保証するための道具だ。とりわけ黒田は何としても奪還しなきゃならん！」

一理はあった。

「やはり奪還作戦だな。西のトーチカの四人は、背後の警戒に残そう。軍曹の計画でいく。二手に別れてコテージに進攻する。二名が、ジャングルから逃亡者を狙撃する。軍曹は人員を割り振れ。五分後に総攻撃を開始する。『スティンガー』は最後まで取っておけ」

ミスター・サマーは、ありったけのコカインをジャケットのポケットに詰め込み始めた。

飛鳥は、コテージのアンテナを視界に捉えながら、ウォーキートーキーで土門を呼び出した。

「これからそっちへ突っ込む。コテージの裏側に勝手口があるだろう。あそこから人質を回収する」

「突っ込むなんて気安く言うな！　両サイドから、『カール・グスタフ』の餌食になるのがオチだぞ」

その瞬間、ワインのコルクが抜けたようなポンという軽い音に続いて、凄まじい爆発音が轟いた。

「これが答えだ。西側のトーチカは、貴様の部下が潰した。《ブルドッグ》が煙幕を焚いてくれる。それに紛れて前進する」

「解っているのか。ほんの一〇メートル行き過ぎただけで、海面へ真っ逆さまだぞ」

「覚えておく。例の荷物は確保したか？」

「おとなしくしている。こいつを真っ先に渡してやるさ」

爆発は、一分経っても続いていた。それの報復のように、東側のトーチカから、『カール・グスタフ』の榴弾が間断なくコテージに集中し始めた。煙と埃が四方から襲い掛かり、飛鳥は行く手を阻まれた。

今度は、《ブルドッグ》の麗子を呼び出した。

「すまないが、お嬢さん。右のトーチカをしばらく黙らせてくれないか？」

「お嬢さんは止して頂戴。このトーチカを黙らせるのは、私には無理だと間島さんが言っているわ」

「どうしてだ⁉　間島」

「角度の問題ですよ。このトーチカは、《ブルドッグ》の射軸から言えば、ほとんどコテージの真下になります。隊長なら、バンク角を深く取って真上から攻撃できますが、アマチュアにそんな高機動をさせるのは危険です。もし浅い水平角で狙えば、コテージを誤射する恐れがある」

正にそのとおりだ……。

「いいか。ではこうしろ。道路に沿って、南から北へと侵入し、ありったけの煙幕弾を撃て。その隙に人質を回収する」

「了解」

二人が同時に答えた。飛鳥は、煙が晴れかけたところで再び装甲車をスタートさせた。旋回した《ブルドッグ》が、背後から追い上げて来る。最初の煙幕弾は、コテージから一〇〇メートル以上離れたジャングルに落下して爆発した。

視界が突然開け、装甲車はコテージ前のグリーンに乗った。コテージのそこここから、煙が上がっている。案の定、不安定な風が巻いていた。風速は、恐らく一〇メートルを超えているに違いない。ヘリでなくてよかった。

飛鳥は、間島が正確に煙幕弾をコテージの庭に落とすまで待った。二発目が装甲車の僅か一〇メートル前に着弾する。

「俺たちを殺す気か⁉」

煙幕が拡大する前に、飛鳥は装甲車を一気に前進させた。キャタピラの音を聞き付けて、銃火がこちらへ向いて来る。パチパチ車体が鳴った。煙幕が後ろから追い立てて来る。視界が遮られる。ままよ……、と思ってさらにアクセルを踏み込んだ瞬間、「止まれ！」と土門がウォーキートーキーに叫んだ。危ないところだった。装甲車はコテージを通り過ぎ、崖までほんの数メートルのところで停車していた。

飛鳥は、バックし、コテージの側面に付けた。

「脱出するぞ。急げ！」

矢部二尉が合流し、装甲車の前へ出てコテージの背後へ回り込む敵を警戒した。

人質一行が、崩れた階段を降りて来るまで、結局五分を要した。黒田だけは、ぐるぐる巻きにして、キャビンに放り込まれた。中では、人質たちのリンチが待っていた。

「定員オーバーになるが、負傷者を頼む。俺たちは、ここでしばらく支える。先に行け！」

最後に降りて来た土門は、度重なる爆風で耳をやられたらしく、大声で怒鳴っていた。

「冗談を言うな！」

「何だって⁉」

「お前らがここに居残ると、《ブルドッグ》の攻撃の邪魔になると言ってるんだ！」

「解った、わかった。そういうことなら、一〇メートルばかり遅れて一緒に後退する。こいつを助手席に頼む」

　土門はスポーツ・バッグを運転席に放り込んだ。

「何だ⁉　こいつは」

「証拠物件のコカインと、敵さんの軍服一丁、例の小細工に使う」

「了解した。《ブルドッグ》にもう一発、煙幕弾を撃たせる」

《ブルドッグ》が、コテージの東側、イヴリ少佐が突撃しようとしていたど真ん中に煙幕弾を撃ち込むと、飛鳥はその場で一八〇度回頭し、一目散に、ジャングルの一本道へと突っ込んだ。


　イヴリ少佐には、為す術もなかった。伸ばした手の先すら見えない煙の渦の中で、激しくむせびながら、「撃ち方止め！」と怒鳴り続けた。

「攻撃は止めろ！　同士撃ちになるぞ」

「少佐殿、奴らは脱出しました」

　どこからかジョーダン軍曹が叫んだ。

「皆んなこの場を離れろ！『スペクター』の餌食になるぞ」

　そのとおりだった。濃い煙幕のせいで、敵の在りかは判然としなかったが、麗子は《ブルドッグ》を島の西から侵入させ、躊躇うことなく一〇五ミリ砲弾をコテージの周辺に浴びせ掛けた。

「装甲車は五分で滑走路まで脱出できますが、兵員は歩きのようです」

「じゃあと一〇分、ここで敵を阻止しましょう。早く回収ヘリを呼んで頂戴」

「了解」

飛鳥は、最高速度でジャングルを突っ切ると、さらに滑走路を横切り、船着き場の手前で六名の人質と三名の負傷者、そして黒田を降ろし、柴崎一尉の手に委ねた。

空荷の装甲車は、再び滑走路を横切り、ジャングルに残りの戦闘員を迎えに行った。

五〇〇メートルほど入ったところで落ち合うと、土門は、息を切らしながら付近の木にワイヤーを張ってＣ４プラスチック爆薬に繋ぐと、ブービートラップを仕掛けた。

飛鳥は運転を土門に委ね、ウォーキートーキーで《ブルドッグ》を呼び出した。

「ヘリのパイロットに伝えろ。人質は船着き場に降ろした」

「ヘリは飛ばないわ」

「飛ばない⁉　どういうことだ⁉」

「名古屋から、ＭＵ―300が強行離陸して、まっしぐらにこっちへ向かっているそうよ。攻撃用のパックを装着していたという話だわ。到着まであと一〇分。たぶん、篠田が操縦しているはずよ」

「『スティンガー』で迎撃しろ」

「駄目です、隊長！　データリンクが故障しています。『スティンガー』は撃てません」

「じゃあ、地面へ降りろ！」

「そんなことしたら、またパンクしますよ」

「このまま地上にじっとしていて、上から攻撃されるのを黙ってみているわけにはいかん。着陸しろ！　あとの面倒は見てやる」

土門は、無事な隊員を滑走路脇の瓦礫で降ろすと、阻止線を張らせて、装甲車を船着き場まで走らせた。人質を回収し、東端へ走らせると、《ブルドッグ》が危なっかしい恰好で着陸して来た。タイヤが一本火を噴いていた。

「あれでもパイロットかい⁉」

「いや。飛ばしているのは税関職員で、アマチュアのパイロットだ。うまいもんだろう？」

「コーパイが操縦しているんじゃないのか⁉」

「負傷して早々と脱出したよ」

「何て無責任な野郎だ！」

「タイヤの下につけろ。火を消す」

飛鳥は消火器を持って飛び出した。火災は、右主脚のタイヤだった。火を消してコクピットに上がると、麗子はもう右側に移っていた。

「正直に言うが、麗子さんよ。あんたは筋がいい。俺のコーパイになれるぜ」

「そりゃあどうも。東京へ帰ったら、お食事を奢(おご)ってくださいな」

「おやすいごようで。間島、敵はどこにいる？」

「間もなくブービートラップに到着します」

間を置かず、ドーンという地響きとともに火柱がジャングルに上がった。

「よし、皆んな、ほんのしばらく時間がある。不要なものは全部捨てろ。バイクに、一〇五ミリ砲の砲弾、薬莢はもちろんだ」

機体を少しでも軽くして、滑走距離を短くしなければならなかった。


ジョーダン軍曹と『カール・グスタフ』を乗せたピックアップトラックが吹っ飛ぶと、イヴリ少佐は、しばらく呆然として降り注ぐ破片の中に立ち尽くした。

残っている部下は、僅かに七名だった。ここで敗北することは、世界最強の低強度戦争部隊で培(つちか)った、ダン・イヴリのプライドが許さなかった。イヴリ少佐のくぼんだ眼窩(がんか)の瞳がきらりと光った。

「皆んな、『スペクター』は断じて離陸させません！　滑走路まで五〇〇メートル。各自一〇メートル間隔で全力疾走。滑走路まで辿(たど)り着け」

イヴリ少佐は、自ら「ウォー！」と雄叫びを上げながら、ウージ短機関銃を抱えて駆け出した。

　間島が見詰めるレーダー画面でも、人間を示す輝点(ブリップ)が駆け出した。

「急いでください！　敵は全力疾走でこちらへ向かっています」

　装甲車は、丁度一本道の出口を塞いでいた。飛鳥はウォーキートーキーで土門に呼び掛けた。

「土門、撤退しろ！」

「敵は何人ぐらいいるんだ⁉」

「ジャングルで待ち伏せするんならともかく、野っ原じゃあ、いいカモだぞ。それに、連中は至るところに武器を隠している。持久戦は不利だ。いいか、指揮権は俺にあるんだ。撤退しろ。でなきゃ、敵と一緒に始末してやるぞ！」

「了解。いったん、後退する。いったんだ……」

　装甲車がゆっくりと向きを変え、男たちが屋根に飛び上がるのが見えた。飛鳥はゆっくりと機体の向きを変え、スタートラインに機体を置いた。対空レーダーを入れると、真っすぐに降下して来る目標があった。

「あと、二、三分だな……」

　エンジン出力を徐々に高める。タイヤをチェックしに降りていた小西が帰って来た。

交換しようにも、換えタイヤはもうなかった。

「どんな按配だ⁉」

「駄目です。一本は完全に焼け切っています。もう一本もヒューズが飛んで、空気が抜けた状態です」

航空機のタイヤは、高熱になって爆発する危険があると、ヒューズが飛んで空気が自動的に抜ける仕組みになっていた。

「やってみるさ」

装甲車が機体の後尾に停車する。

飛鳥はラウドスピーカーのスイッチを入れて、

「さっさと乗り込め！」と怒鳴った。

レーダーで監視していた間島が「そんなバカなことが⁉」と叫んだ。

「ジープです！　ジープが向かって来ます」

「車は全部潰したはずだぞ」

ジープは悠然と滑走路の中央に進み出ると、エンジンを切って、でんと居座った。

「なんてこった……」

飛鳥はジープを回避できるかどうか探してみたが、無理だった。回避はできるが、その分のスピードロスは、致命的なものになる。一方、攻撃すれば、破片を滑走路にばら撒くことになる。

「どかすしかないな……」

「もし敵が、空路で脱出するつもりなら、あのジープは簡単に動かせるはずよ」

「間島、あれはエンジンを点けているか？」

「いえ、停止しています」

「皆んなで押すしかない」

「そんな時間はない」

小西が立ち上がった。

「俺が行きます。キーのリード線を繋げばいい」

「待て！」

「援護を願います」

小西はＣ４爆薬が入ったバッグを担ぐと、捨てられたオートバイに飛び乗った。土門が「待て！」と飛び出して来た時には、もう《ブルドッグ》を飛び出して滑走路を一直線に疾走していた。

敵の弾が滑走路に降り注ぐ。反撃する援護射撃が、《ブルドッグ》の背後から始まった。

ジープに辿り着くと、スロットルを開いたままオートバイを滑走路脇へ押し出し、ジープの運転席に飛び込んだ。シートに仰向けになったまま、まず、煙幕手榴弾を前方に放った。案の定キーはなかった。銃弾がエンジンパネルに集中し始めた。

ハンドル下からリード線を引っ張り出し、カッターで切断して点火プラグへの線をつないだ。三度四度とエンジンが咳き込むが、いっこうに掛かる気配がなかった。

「こいつ、銃弾でイカレやがった……」

躯を伏せてジープを降り、後尾から肩でジープを押し出した。

「重いじゃねぇかよ！……」

タイヤがみしみし軋みながら、ほんの少しずつ動き出した。そうだ……、動け！てめえは、たかがブリキの馬なんだぞ。人間様に逆らおうなんて、ふてえ考えは持つんじゃない！

《ブルドッグ》のラウドスピーカーが何事か喚いていた。『敵が……、側面から……』

ジープがようやく惰性で滑走路の中心から傾斜のあるサイドへと走り出していく。ラインを越えた瞬間、小西は左の脇腹に鋭い痛みを感じた。

「まだだ！……」

あと五メートル……。今度は、左腕の下から胸へと弾を喰らった。これは堪え切れなかった。小西は、血を吐きながら、そのまま全体重をジープに預けて倒れた。

「どうだ、《ブルドッグ》……。感謝しろよ」

飛鳥は、スターライト・スコープでそれを見守っていた。不機嫌に「離陸する」と呟き、パワーレバーを前方へと押しやった。「全員機内に戻れ！」

「何言ってんのよ⁉　機付き長を助けなきゃ……」

「三人がジープに接近中！」

レーダーの真正面に、敵機が映っていた。

「生きちゃあいない！　もう間に合わない。もし生きていたら、《ブルドッグ》の羽音を聞かせてやるさ！　それが俺にできる手向け（たむ）だ」

飛鳥はブレーキペダルを踏み込んで、さらにパワーレバーを上げた。《ブルドッグ》が、まるで嗚咽（おえつ）するかのように全身を震わせた。パンクした右側を軽くするために、右主翼のエルロンを下げた。

スタートを切る。

「弾が飛んで来る。皆んな床に伏せてろ！」

小西は、心地（ここち）よい羽音を夢心地で聞いていた。整備士である彼にとっては、その音は赤子（あかご）の泣き声であり、幼い頃聞いた母親の心音だった。

地面に仰向（あおむ）けになったまま空を見上げると、満天の星空を、一瞬怪鳥の巨大な翼が遮った。『スティンガー』ミサイルを回避するための赤外線フレアが、まるで花火のように空を踊り駆ける。

「綺麗なもんだ……」

だんだん視界が暗くなってゆく。だが、《ブルドッグ》のエンジン音はぐんぐん強まり、ついには空高く昇って行き、やがて遠ざかって行った。それに変わって、複数の足音が近づいて来た。

小西は笑おうとしたが、もう筋肉が動かなかった。

永遠の闇の世界へと旅立つ前のほんの一瞬、小西の脳裏（のうり）を、自分を裏切った女の幸せな新婚風景が横切った。

旦那（だんな）は、うだつの上がらないサラリーマンだった。何度か会って話したことがあった。

「貯金は一銭もないし、会社はいつ倒産するか解らないけれど、彼女は看護師の職があるし、まあ、なんとかやっていけるでしょう……」

俺の基準から言えば、結婚をママゴトぐらいにしか考えない最低の男だった。俺は、結婚資金をこつこつ貯金していた。たいした額じゃなかったが。隊の共済会館で安上がりに式を上げ、ハニムーンだけは豪華にするつもりだった。ボロ官舎だが、妻帯者には２ＤＫの部屋が与えられる。はずだった……。

二人は、一流ホテルでドライアイスを焚いて豪華な式を上げ、学友や職場の同僚を呼んだパーティを二度も三度も開いた。俺のことを知っている連中も呼ばれたが、幸せな二人を前に、皆んなが口をつぐんだ。

いつも週末には、かわいい嫁と孫のためなら湯水のように金を恵んでくれる優しい両親と賑やかな夕食を摂り、日曜日は子供を預けて二人でドライブに出かける。裕福な生活。雑誌やテレビが説く、マニュアルどおりの幸せな結婚生活だ……。

俺には、足手まといでしかないボケかけた親がド田舎の山奥で暮らしているだけだ。それで結婚するつもりだったただなんて、お笑いじゃないか……。

今日、いつもと変わらぬ太陽が昇れば、女は、真新しい表札が掛かる玄関から旦那を会社に送り出し、いつもと変わらぬ一日の生活を始める。俺がこの世から消えていなくなるなんてのは、取るに足らない瑣末な事件だ。俺が、あいつの幸せな生活を守って死ぬなんてのは……、運命なんてのは、そんなものなのか⁉

どんな悪党でも、最期の瞬間には聖人になると言う連中がいたが、それは嘘だと解った。やっぱり、あの女は許せない。あの女だけは……。

小西は一瞬カッと瞳を開いて夜空を仰ぎ観た。

「《ブルドッグ》よ……、てめえの付き添い看護師は、最高だったよな。お前は、最高にラッキーだった。俺の人生は最低だったが……。

さあ野郎ども！　地獄で、俺の復讐につき合ってもらおう」

イヴリ少佐は、無謀な神風ボーイの顔を真上から覗き込んだ。男の手が、不自然に折れ曲がり、背中へ曲がっていることに気づいた瞬間、「退がれ！」と叫ぼうとしたが、間に合わなかった。小西は、最後の力を振り絞ってＣ４爆薬の起爆スイッチを押した。

間島が後方監視カメラで仲間の最期を見届けた。

艦対空ミサイルの攻撃を避けるため、超低空で飛行して来た篠田は、奇妙な形状の輸送機と擦れ違うと、そのまま滑走路へと進入した。スターライト・スコープはなかったが燃え盛る赤外線フレアのせいで、灯りは必要なかった。滑走路の東端でターンすると、ロイド・サマーが息を切らして乗り込んで来た。ロイド・サマーの他には、たった四人の傭兵がいただけだった。

「イヴリ少佐はどうした⁉」

「今さっきの爆発で吹っ飛んだ。早く離陸しろ！」

篠田はレーダーに『ハーキュリーズ』を捉えながら離陸した。Ｆ―15『イーグル』戦闘機の二機編隊が接近していた。

飛鳥は上昇を続けながら、ＨＵＤ下のモニターに、小西が自爆した瞬間の映像を呼び出した。

「他にも術（すべ）があったのに……」

「あったはずなのに、だ。奴にはなかった」

「後方警戒レーダーが反応しています。『ダイヤモンドⅡ』です！　前方に『イーグル』の二機編隊。到着まであと五分掛かります」

「『イーグル』に伝えろ。こっちは敵味方識別装置（ＩＦＦ）が故障している。誤射する恐れがあるからミサイル攻撃はするなと！」

上空にはうっすらと赤みが差し、『イーグル』の優美なシルエットが浮かび上がった。

「『ダイヤモンドⅡ』は後尾につく模様です」

「《ブルドッグ》を人質にするつもりだな。なってやろうじゃねぇか」

「どうするのよ!?」

「本土まであと何分だ？」

「時速五五〇キロと計算して大島（おおしま）まであと二〇分です」

「射手は二〇ミリ砲弾を補給しろ！」

「あんなものでどうするのよ!?」

「もちろん、空中戦（ドッグ・ファイト）さ！　『イーグル』に伝えろ。敵討（かたきう）ちだ。手出しはするなと」

『ダイヤモンドⅡ』が真後ろ一〇〇メートルに接近して、追尾態勢に入った瞬間、飛鳥は、エレベーターを操作して、ほんの心もち機体を上昇させた。《ブルドッグ》のスピードが減殺される一方、加速していた『ダイヤモンドⅡ』はそのまま《ブルドッグ》をオーバーシュートして前方へ出てしまった。『ダイヤモンドⅡ』は、一瞬にして《ブルドッグ》の二〇ミリ・バルカンの射線に飛び込む恰好になった。だが、《ブルドッグ》の火器管制装置の計算に一瞬のロスがあった。バルカン砲弾が発射された時には、篠田は右のラダーを蹴り込んで、《ブルドッグ》の下へと潜り込んでいた。

「なかなかやるじゃないか！」

今度は篠田の番だった。《ブルドッグ》の背後に回って二五ミリ・アデン砲を撃つ。《ブルドッグ》の右主翼三番エンジンが火を噴いた。

「三番エンジン停止！　プロペラ・ピッチ、垂直（フェザリング）。消火剤噴霧、燃料コック閉鎖」

「隊長、パイロットが、一二一・五〇ＭＨＺの緊急周波数で呼び掛けています」

「繋げ」

「こちらは、ブロウ・チャーリーだ。今のは、ほんの挨拶代わりだ。おとなしくこっちの言うとおりのコースで飛べば、撃墜はしない」

「その腕は誉めてやる。あいにくだが、こっちは取り込み中だ。それに、この『スペクター』は、こういう芸当もできるんだぜ！」

飛鳥はホイールを右に切り、ラダーを蹴りながら、空気抵抗を作ってわざとスピードを殺すためにスポイラーを立てた。

「イナーシャルキャンセラー、オフ！」

二〇ミリ・バルカンの慣性作動（イナーシャルキャンセラー）システムを切って、砲身を固定する。《ブルドッグ》は、一瞬にして右翼へ九〇度傾いた。真上に『ダイヤモンドⅡ』が突っ込んで来る。砲身は空を向いていた。トリガーを引くと、二〇ミリ砲弾が、『ダイヤモンドⅡ』の後尾エンジンに吸い込まれていく。右翼エンジンが爆発し、破片がプレキシガラスを叩いてひび割れを起こさせた。

「タイムアウトです！　間もなく大島です。これ以上の攻撃は地上に被害を出す危険があります」

「了解、あとはイーグルに任せる」

『ダイヤモンドⅡ』は、いったん《ブルドッグ》から離れたが、白煙を吐きながらも、五〇〇メートルと離れず《ブルドッグ》に尾（つ）いて日本本土へと達すると、伊豆（いず）半島上空で離脱した。

土門がコクピットへ入って来ると、間島に東京二十三区の地図をＣＤ－ＲＯＭからモニターに呼び出させた。特定の住所を入力させ、ポイントを飛鳥に指示する。

「名古屋へ帰るんじゃないの？」

「いや、入間へ向かう。途中で、ちょっとした用を足す」

「何を？」

「いや何、永田町の偉いさん連中に、《ブルドッグ》の勇姿を拝ませようというのさ」

　これから仕出かすことを、麗子に説明したくはなかった。

　土門は、キャビンの後ろに退がって人質との間にカーテンを引くと、黒田を立たせた。服を脱がせて、敵の戦闘服に着替えさせる。財布と名刺入れだけを胸ポケットに入れ、その他のポケットには、袋の端を破いたコカインをパンパンに詰め込んだ。

「お前さんは、これから空中遊泳をする。喜べ、もうすぐ世田谷だ。成城のパパのお家へお空から朝帰りだ」

「親父が黙っちゃいないぞ！」

「そいつはどうかな。四人もの人質が殺された。黙るのは、父親のほうだろうぜ」

　パラシュートを着せて、ドアを開いた。土門は、黒田を放り出す直前、コカインの粉をひと握り、黒田の口の中に押し込んだ。

「てめえの好物だ。いい夢を見な……」

　朝焼けの中を満身創痍の状態で《ブルドッグ》が飛んでいた。弓月は、パトカーから降りると、篠田に関する情報を提供してくれた関口記者と同僚、カメラマンの三人を促した。

瀟洒な家並みが続く閑静な住宅街の上空で、《ブルドッグ》から人間が飛び下り、パラシュートが開いた。

「あの飛行機は、撮らんでくれ。ありゃぁ、俺たちにとっちゃ、サンダーバードみたいなもんだからね」

パラシュートの人間は、黒田議員の邸宅から五〇メートルほど離れた小さな公園に落ちた。駆けつけると、戦闘服姿の男が策に絡まったまま、激しく痙攣していた。

弓月は、念のためピストルを抜いて近づいた。そこいらじゅう、コカインの白い粉が散らばっていた。安全だと解ると、白手袋を嵌めて、戦闘服のポケットをまさぐった。名刺と、財布に運転免許証があった。

「こいつは、黒田議員の息子じゃないですか⁉」

「やれやれ、どうやらそのようだな。こりゃまたとんだ人間が降って来たものだ。あんまり、長くはなさそうだが……」

弓月は左手で男の胸元を摑むと、右手に手錠をかざした。

「起きろ坊や！　ほんの一〇秒でいい。意識をしっかり保っていろ」

コカインの急性中毒で、朦朧とした意識ながら、黒田は瞳を見開き、掠れた声で「助けてくれ……」と呟いた。

「いや、あいにくだが、もうパパは助けちゃくれない。黒田守雄、麻薬取締法違反の現行犯で逮捕する。幸運てのは不平等だが、法は皆に対して平等だ。貴様にも、黙秘権っていう便利なものが与えられる。たぶん、永遠の黙秘になるんだろうがな」

そのとおりだった――。

午前七時――。

領事作戦部の代表、鳴海弘外務省審議官は、官邸への報告に赴（おもむ）いた。作戦の成功は伝えてあり、青柳総理はもとより、黒田議員も上機嫌だった。

「犯人グループが逃走に利用した民間ジェット機は、富士山の裾野に激突して爆発しました。その直前、沼津市上空で、六つのパラシュートが脱出、現在県警が捜索中です。人質は全員救出されました。さほどの重傷者はおりません」

「こちらの損害は？」

「残念ながら、一名戦死しました」

「ひとり？　たったひとりかね。あれだけの敵を相手にして」

「はい。一名であります」

「そう……それは、軽微な損害といっていいんだろうな」

そうですとも。貴方がたにとってはね……。

「ところで、敵の中に、首謀者の他にもう一人日本人がおりました。輸送途中にパラシュートで脱出を企てました。世田谷の成城辺りに降下したようです」

「ほう、うちの近所じゃないか」

黒田が興味ありげに身を乗り出した。

「こちらは、麻薬不法所持の現行犯で警視庁が逮捕に成功しましたが、急性の麻薬中毒に冒されており、さきほど死亡しました。名刺を持っておりました」

青柳は、受け取った名刺を興味深げに覗き込むと、黒田に渡した。黒田の顔色がみるみる変わり、手元が震え始めた。

「この名刺の持ち主に、間違いないのか⁉」

「はい、運転免許証も所持しており、間違いないとのことです。どうかなさいましたか?……」

「は……、謀ったな貴様ッー！」

「落ち着いてください、先生。何のことやら――」

「私の息子だ！　貴様はそれを知っていて――」

「それは、先生……、なんとお悔やみを申し上げてよいやら！」

外交官パーティの席でしか見せないような大袈裟なジェスチャアで鳴海は驚き、悲しみを表現して見せた。

「しかしながら、先生。そもそも、犯人を皆殺しにするよう総理に進言なさったのは貴方ですし、われわれはその総理の命令を無視して犯人を生きたまま拘束して連れて帰る途中だったのです」

「ただじゃあ……、ただじゃあすまさんぞ！」

「ああ、それで解りました。先生はひょっとして、捜査の進捗状況をご子息から尋ねられませんでしたか？　都心部から発せられた暗号通信を自衛隊が傍受解読しましたが、内容は、捜査状況の進捗と救出作戦について知らせるものでした。そうですなぁ……、少なくとも、昨日の午後の人質二人の処刑の責任は、われわれにあるというわけですな」

「お前を葬ってやる！　息子の遺体には、警察風情の指など触らせん！」

「申し訳ありませんが、先生。何でも第一発見者は、たまたま付近を通り掛かった新聞記者だそうでして、恐らく夕刊にはもう……。政府は報道協定を結んで、マスコミを抑えましたからな、この期に及んで彼らを懐柔するのは道理からして不可能です」

総理は、まるでおまけの景品を引き当てた子供みたいに嬉しそうな瞳をしていた。

「黒田先生。そういうことなら、断腸の思いだが、夕刊が刷り上がるまでに、議員辞職届けを国会に、党のほうへも離党届けをお願いします。貴方の理想は、私たちが、その重い責任とともに引き継ぎましょう！」

鳴海は久し振りに爽快な気分で官邸をあとにした。

エピローグ

篠田の一味は、結局警察の追及の手を逃れた。

戦闘から一週間後、二階級特進した小西衛治三尉の初七日の当日、飛鳥ら《ブルドッグ》のクルーは、緑魔島のコテージの断崖の上にいた。正確には、コテージ跡と言うべきだったが……。凄まじい戦闘のせいで、総ての窓は枠組すら失い、あちこちに鉄筋が露出していた。崩れたコンクリートブロックで、小西の仲間たちは、高さ一メートルほどのケルンを積み、ウォッカのカクテルを作って上から振り掛けた。

「あいつは、酒もタバコも駄目な男だったが、ソルティドッグだけは好きだった」

「面倒見のいい人でしたよね。人が変わってしまうまでは……」

間島が小西が愛用していたドライバーを地面に突き立てた。

麗子は、菊の花束をケルンに立て掛けた。

「ご遺族はどちらに？」

「九州だ。年老いた両親が、自慢の息子がかわいい嫁さんを連れて帰って来る日を楽しみにしていた」

飛鳥は、田舎での葬式を思い出した。母親が、年輪を刻んだ手で佐竹の手を握り、

「息子は立派でしたか……」と泣き崩れたことを。

跡取りがいなくなった家には、立派な位牌と凜々しく制服を決めた遺影が飾られ、たぶん、あの母親はいつまでも弔問客に語り継ぐに違いない。

『息子はねぇあんた。隊長さんの命令をしっかり聞いて、お国のために立派な最期を遂げたんだよ』

「戦争って奴は……、いつだって金持ちの都合で起こるが、戦場で血を流すのは、富や繁栄の恩恵からもっとも遠いところにいる人々だ。それでもって、金持ちはやっぱり、最後まで生き延びる」

「あの……、あの世で祟ってやるとかいう、小西さんの遺書はどうしたの？」

「小西を裏切った看護師に俺が手渡したよ。向こうは読まずに突っ返したんで、俺がその場で読んでやった」

「何てことを⁉　最後ぐらい、いい男性だったってことを伝えるだけでよかったのに。あの人は、自分が犠牲になることで、かつての恋人の幸せも守ったのよ。結果的にであれ」

「いや、それは違うよ。あいつは、いろんなもののために犠牲になった。仲間や《ブルドッグ》や任務のために。

だが、俺は看護師さんに言ってやった。

あんたが裏切って捨てた男は、少なくとも俺たちにとっては、最高の男だった。あいつは、いろんなものを守るために死んだが、けっして、あんたの身勝手な幸福を守るためだけには死ななかった」

「本当にそう思って？　私は、小西さんの名誉のことを言っているのよ」

「俺たちは、銀のスプーンをくわえて生まれて来たわけじゃない。誰もがあんたみたいに社長令嬢として生まれて来るわけじゃない。誰もが、万人の羨望と祝福を受けて生きていけるわけじゃない。聖人君子として人生をまっとうするだけが総てじゃないさ」

「女が皆んな天使になれるわけじゃないわ……」

「ああ、男だって神様にはなれない」

南から『ハーキュリーズ』編隊の爆音が近づいて来る。ミッシングマン・フライトを行なう四機の『ハーキュリーズ』は横一列に並んでいた。

コテージの真上を過ぎると、駿河一尉が操縦する二番機の《ブルドッグ》が、スロットルを開放して急角度で上昇する。

上昇するブルは空へ昇る男、それを三機の仲間が銀翼を寄せて見送った。

内輪のセレモニーが終わると、飛鳥はハンガーの天井に吊り下げてあった看護師姿のマネキンに、小西の遺体で唯一回収できたネームタグの鎖を巻き付け、ガソリンを掛けた。それからオーバーハングした崖の上で火を点けた。

「こいつは、俺宛の遺書にあった。燃やしてくれってね……」

マネキンはあっという間に黒焦げになり、突然吹き上げて来た突風で一瞬空中に舞い上がると、波光きらめく海面へと落ちて行った。

「さあ行こう！」

装甲車で四苦八苦したジャングルの一本道を歩き、小西が自爆した付近で合掌してから、《ブルドッグ》が待つ滑走路の端へと向かった。

「篠田は国外へ脱出したって噂だけど、帰ってくるかしら？」

「ああ、今度は、ビジネスじゃなく、復讐が目的で帰って来るさ。今度は、同じ機種、同じ条件で闘いたいもんだな」

「駿河さんは、どうするの？」

「まだ迷っているよ。女房とはいよいよ離婚寸前らしいがね。まあ、俺は興味はない」

飛鳥は、機首の真下から《ブルドッグ》を見上げた。修理はまだ完全ではなかった。弾痕を覆ったテープが痛々しかった。機付き長と賭けた弾痕は、八六発で、飛鳥の勝ちだった。

機付き長よ。残りの弾は、貴様が受け取ってくれたんだろうな……。

コクピットに入ると、駿河は小西が座っていた機関士席に就いていた。

「歩巳さんに譲ります。僕はまだ傷が完治してないんでね」

「ミッシングマン・フライトはそんなふうには見えなかったけれど」

「何なら、レフトシートでもいいんだぜ」

　飛鳥は無気味に微笑んだ。

「突然親切になって、何だか、気味が悪いわね」

　麗子はコーパイ席に収まった。

「鳴海さんがね、そんなに筋がいいんなら、いっそのことパイロット候補生にしてやろうかって……」

「あのネクタイが効いたんだわ、きっと……」

「俺たちゃこうして優しいが、佐竹さんはそうじゃないから、覚悟しときな」

「このブルちゃんを操縦できるんなら、どんな苦行にだって耐えるわよ！」

　パワーレバーに飛鳥が右手を置く。麗子はその上に左手を置いた。飛鳥のごつごつした指は、今では逞しく、頼りになる存在だった。

「進路クリア、離陸支障なし。レッツ・ゴー！」

《ブルドッグ》は軽やかに離陸し、大海原にぽっかり浮かんだ緑魔島をゆっくりと周回すると、進路を北西に取り、翼を振って高度を上げた。

　断崖に築かれた機付き長のケルンが、その翼を見送った。

本書は一九九〇年十月に祥伝社より刊行された『制圧攻撃機出撃す』を改題し、大幅に加筆・修正しました。

本作品はフィクションであり、実在の個人・団体などとは一切関係がありません。

文芸社文庫

制圧攻撃機（ブルドッグ）突撃す

二〇一七年十二月十五日　初版第一刷発行

著　者　大石英司
発行者　瓜谷綱延
発行所　株式会社　文芸社
〒一六〇－〇〇二二
東京都新宿区新宿一－一〇－一
電話　〇三－五三六九－三〇六〇（代表）
〇三－五三六九－二二九九（販売）

印刷所　図書印刷株式会社
装幀者　三村淳

ISBN978-4-286-19348-9

[文芸社文庫　既刊本]

秋山香乃
火の姫　茶々と信長

兄・織田信長の命をうけ、浅井長政に嫁いだ於市は於茶々、於初、於江をもうけるが、やがて信長に滅ぼされる。於茶々たち親娘の命運は——？

秋山香乃
火の姫　茶々と秀吉

本能寺の変後、信長の家臣の羽柴秀吉が後継者となり、天下人となった。於市の死後、ひとり残された於茶々は、秀吉の側室に。後の淀殿であった。

秋山香乃
火の姫　茶々と家康

太閤死して、ひとり巨魁・徳川家康と対決する於茶々。母として女として政治家として、豊臣家を守り、火焔の大坂城で奮迅の戦いをつらぬく！

内田重久
それからの三国志　上　烈風の巻

稀代の軍師・孔明が五丈原で没したあと、三国志は新たなステージへ突入する。三国統一までのその後のヒーローたちを描いた感動の歴史大河！

内田重久
それからの三国志　下　陽炎の巻

孔明の遺志を継ぐ蜀の姜維と、魏を掌握する司馬一族の死闘の結末は？　覇権を握り三国を統一するのは誰なのか⁉　ファン必読の三国志完結編！

［文芸社文庫　既刊本］

トンデモ日本史の真相　史跡お宝編
原田　実
日本史上の奇説・珍説・異端とされる説を徹底検証！　文庫化にあたり、お江をめぐる奇説を含む2項目を追加。墨俣一夜城／ペトログラフ、他

トンデモ日本史の真相　人物伝承編
原田　実
日本史上でまことしやかに語られてきた奇説・珍説・伝承等を徹底検証！　文庫化にあたり、「福澤諭吉は侵略主義者だった?」を追加（解説・芦辺拓）。

戦国の世を生きた七人の女
由良弥生
「お家」のために犠牲となり、人質や政治上の駆け引きの道具にされた乱世の妻妾。悲しみに耐え、懸命に生き抜いた「江姫」らの姿を描く。

江戸暗殺史
森川哲郎
徳川家康の毒殺多用説から、坂本竜馬暗殺事件の謎まで、権力争いによる謀略、暗殺事件の数々。闇へと葬り去られた歴史の真相に迫る。

幕府検死官　玄庵　血闘
加野厚志
慈姑頭に仕込杖、無外流抜刀術の遣い手は、人を救う蘭医にして人斬り。南町奉行所付の「検死官」が、連続女殺しの下手人を追い、お江戸を走る！

［文芸社文庫　既刊本］

蒼龍の星㊤　若き清盛
篠　綾子

三代と名づけられた平忠盛の子、後の清盛の出生の秘密と親子三代にわたる愛憎劇。やがて「北天の王」となる清盛の波瀾の十代を描く本格歴史浪漫。

蒼龍の星㊥　清盛の野望
篠　綾子

権謀術数渦巻く貴族社会で、平清盛は権力者への道を。鳥羽院をついで即位した後白河は崇徳上皇と対立。清盛は後白河側につき武士の第一人者に。

蒼龍の星㊦　覇王清盛
篠　綾子

平氏新王朝樹立を夢見た清盛だったが後白河との仲が決裂、東国では源頼朝が挙兵する。まったく新しい清盛像を描いた「蒼龍の星」三部作、完結。

全力で、1ミリ進もう。
中谷彰宏

「勇気がわいてくる70のコトバ」――過去から積み上げた「今」を生きるより、未来から逆算した「今」を生きよう。みるみる活力がでる中谷式発想術。

贅沢なキスをしよう。
中谷彰宏

「快感で生まれ変われる」具体例。節約型のエッチではなく、幸福な人と、エッチしよう。心を開くだけで、感じるような、ヒントが満載の必携書。